아직 끝나지 않은 발걸음

절대 포기하지 않는 사람, 김포중 첫 자전적 에세이

아직 끝나지 않은 발걸음

김포중 지음

모아북스
MOABOOKS

이제는 사람 사는 세상을 만들자

"남에게 대접을 받고자 하는 대로 너희도 남을 대접하라." (마태복음 7장 12절) 이는 산상수훈이라 알려진 유명한 연설에서 예수가 설파한 행동 규범이다. 이것은 황금률(Golden Rule)이라 불리며, 구약과 신약을 막론하고 성경의 핵심 내용을 축약한 말로 여겨진다. 황금률은 오랫동안 서양 문명의 윤리 원칙의 기반으로 자리 잡았다.

그런데 공자의 언행을 기록한 《논어》에도 거의 같은 내용이 나온다. 《논어》, 〈옹야편〉(雍也篇) 28장을 보면 "인(仁)이란 본인이 서고 싶으면 남부터 서게 하고, 본인이 뜻을 이루고 싶을 때 남부터 뜻을 이루게 해주는 것이다. 가까운 것을 통하여 깨달

음을 얻을 수 있다면 그것이 바로 인의 실천 방법이다(夫仁者 己
欲立而立人 己欲達而達人 能近取譬 可謂仁之方也己, 부인자 기욕립이립인 기욕
달이달인 능근취비 가위인지방야이)"란 구절이 있다. 이 가르침은 흔
히 능근취비(能近取譬)의 네 글자로 요약하는데, 사실상 황금률
과 같은 내용이다.

예수님과 공자님의 시대에서 2500여 년이 흘렀지만 인류는
윤리가 무엇인지를 정의할 수 있는 더 나은 방법을 발견하지
못했다. 황금률과 능근취비의 정신을 실천의 덕목으로 풀어본
다면 '배려'와 '봉사'가 아닐까. '배려'는 황금률의 최소한의 실
천이고, '봉사'는 좀 더 적극적인 실천이 될 것이다.

언제나 이웃과 함께 잘사는 사람이 되고 싶었다. 햇볕이 따가
울 때는 그늘이 되어주고, 비가 올 때는 우산이 되어주는 사람
이 되기를 바랐다. 물론 그렇게 살아가는 것이 처음부터 쉽지
는 않았다. 먼저 유년기의 나를 방황하게 했던 가난부터 극복
해야 했다. 어느 정도 살 만해진 후에도 남을 돕고 살다보니 곁
에 있는 가족이 힘들어 하는 것을 느낄 수 있었다. 가족과 이웃
을 함께 살핀다는 것이 결코 쉽지는 않았다.

그래도 포기하지 않고 조금씩 실천하고자 했다. 우리 또래가 겪었던 힘든 시절을, 자식들을 포함한 우리 사회의 모든 청년 세대들이 겪지 않았으면 좋겠다는 소망이 있다. 이제는 우리도 노무현 대통령님이 자주 말씀하셨던 '사람 사는 세상'을 만들 때가 됐다고 생각했기 때문이다.

사회 생활을 시작한 초창기에는 '왕소금'이라 불리며 최대한 많이 저축을 하기 위해 노력했다. 그러다 회사 생활을 하면서는 자연스럽게 노동조합 활동을 하게 되고 노조위원장까지 맡게 됐다. 또한 5선의 노조위원장이 된 후에는 흔치 않은 과정을 거쳐 CEO가 됐다. 그런 와중에 지역사회에서 봉사활동을 열심히 했다. 남들이 보기에 이런 경력이 너무나 다채로워서 일관성이 없어 보일지도 모르겠다. 하지만 그 모든 활동을 하면서 줄곧 다짐했던 생각은 결국 '이웃과 함께 잘살고 싶다'는 것이었다.

1990년대 초반부터 경기도 광명시에서 지역사회에 대한 봉사활동을 시작했다. 지역의 호남향우회 사람들과 함께였다. 처음에는 타향살이의 설움을 고향 사람들과 막걸리 한 잔으로 풀어내다가, 사교활동을 넘어 지역사회 봉사활동을 시작하게 됐다. 그간의 30여 년 간의 봉사활동에 대해서는 2023년 6월, 한·미 동맹 70주년을 기념하는 미국 바이든 대통령 봉사상 시상식에서 봉사 부문 금상을 수상하는 영예를 얻음으로서 나름대로 평가받았다.

오늘날 대한민국은 외관으로만 보면 서구 선진국들과 흡사하게 보인다. 이제 대한민국의 수도 서울은 세계의 8대 '슈퍼스타' 도시로 분류된다. 서울과 함께 슈퍼스타 도시로 분류된 곳들은 미국의 뉴욕과 LA, 영국 런던, 프랑스 파리, 일본 도쿄, 홍콩과 싱가포르 등이다. 그런데 그 슈퍼스타 도시들 중 서울의 특이점이 있다면, 서울 안에는 아직까지도 그 서울을 직접 건설한 이들이 상당수 거주하고 있다는 것일 것이다. 우리는 마치 근대문명을 처음부터 다시 만들어내는 것처럼, 대한민국과 서울이 지금의 모습으로 형성되는 것을 바라보며 살았다.

그래서 우리 또래는 자수성가의 세대였다. 우리 또래 대부분의 사람들은 약간이라도 부를 이뤘으면 본인이 자수성가를 했다고 말한다. 우리는 부모 세대의 형편이 어떻든 간에 사실상 아무것도 물려받지 않았다는 생각 속에서 삶을 시작했기 때문이다.

그런데 어느 날은 우리보다 앞선 어르신들 입장에서 한 번 생각해보게 됐다. 우리 부모님 세대, 어르신들 세대가 태어났을 때엔 나라가 없었다. 아무리 부잣집에서 태어났더라도 나라 잃은 설움이라는 조건을 바꿀 수는 없었다. 그분들은 그런 세상에서 태어나 공부하고 자랐으며 일해야 했다. 그런 와중에 해방과 광복을 보았지만 분단과 전쟁을 경험하고야 말았다. 비탄과 신음 소리가 온 세상을 뒤덮었지만, 모든 것이 지나간 다음에는 그 소리조차 삼키면서 일어서야만 했다. 비탄과 신음 소리를 내봤자 들어줄 사람도 없었고 문제가 해결되지도 않았다.

우리 문화에서 부모가 돌아가시면 장례식장에서 자녀들은 '아이고, 아이고'라고 곡소리를 낸다. 이것은 지극히 상징적인 행위다. 아이가 어릴 때 부모가 세상에 없다면, 다만 그렇게 말하는 것 외에 아무것도 할 수 있는 일이 없을 것이다. 어쩌면 내 부모님 세대 어르신들이 살아낸 세상은 그렇게 곡소리를 해야 할 상황에서도 그 소리를 이를 악물고 삼키면서 살아온 세상일 것이다.

결국 자수성가를 했다고만 여겼던 우리 역시 물려받은 것이 없었던 것이 아니다. 지금 눈에 보이는 것들의 상당수를 우리 세대가 만들어냈다 하더라도, 그것조차 어르신 세대가 물려준 기반 위에서 가능했다. 우리 세대는 그 어르신들 덕분에 망국도 식민 지배도 분단도 전쟁도 실제로 경험하지 않았다. 세계 최빈국에 가까웠던 대한민국에 태어나 고도 성장을 이끌어냈다는 자부심 속에서 살아갈 수 있었다.

어르신들에게 받은 것이 있다면 그 아래 후손에게 물려줘야만 할 의무가 있는 것이 당연한 일이다. 사실 우리 세대가 그 의무를 게을리 했다고는 생각하지 않는다. 우리 세대 대부분 자녀들이 우리보다 더 나은 교육을 받도록 하기 위해 소득의 상당 부분을 아낌없이 사용했기 때문이다. 물론 그러한 행위의 동기는 자식의 성공을 바랐다는 점에서 이타적인 것이었다기보다는 이기적인 것이었다. 하지만 우리 세대 대다수가 바로 그렇게 했기에 대한민국 사회는 고등교육을 받은 우수한 인력을 다수 확보하고 그 다음 단계로 진전할 수 있었다. 이기적인 동기로 시작했던 각 가정의 노력이 대한민국이 선진국에 진입하는 데 큰 보탬이 됐다.

그렇다면 이대로 충분한 걸까. 고개를 들어 주위를 둘러보면 결코 그렇지는 않은 것 같다. 대한민국은 세계 유수의 선진국이 됐다지만 세계 최저 수준의 출생률, 가장 높은 자살률, 높은 청년실업률과 높은 노인빈곤율의 문제에 직면했다. 부모에게서 물려받을 재산이 없는 청년들은 상속받는 이들과 본인들 사이의 크나큰 격차를 느끼게 된다.

우리 세대의 '성공적인 상속'은 결국 '차별적 상속'이었으며 자산 불평등과 자산 격차의 원인이 됐다. 그러니 이제는 개인적인 상속이 아니라 사회적인 상속을 생각해볼 때가 됐다. 급속한 성장의 과정에서 공동체가 파괴되지는 않았는지 묻지 않으면 안 된다. 고급 아파트 단지가 내부적인 인프라를 구축하고 주변 공간과 분리되는 현실에서 향후 어떠한 불평등이 나타날지를 고민하지 않으면 안 된다. 지난 세월 동안 지역사회에서 주로 어르신들 세대를 위한 봉사활동을 해왔다.

하지만 최근에는 대한민국의 미래를 담당해야 할 청년세대들을 위해 우리가 할 수 있는 것이 무엇일지에 대해 큰 관심을 가지게 됐다. 이 험난한 시국에 우리 세대가 후세대들에게 져야 할 책임은 무엇인지를 고민하면서 이 글을 썼다.

우리는 김대중 대통령께서 꿈꿨던 민주주의와 시장경제라는 두 바퀴로 움직이는 나라, 노무현 대통령께서 희망했던 평화와 번영의 동북아시대를 이끌어가는 대한민국, 더 나아가 문재인 대통령께서 소망했던 과정과 결과가 모두 정의로운 포용 국가를 이뤄나가야 한다. 세 분의 꿈은 일정 부분 실현된 부분이 있다.

〈오징어 게임〉같은 드라마가 전 세계적으로 흥행을 하고, BTS 같은 그룹이 전 세계적 인기를 누리는 현상은 그분들이 꿈꾸었던 세상의 토대 위에 만들어졌다. 하지만 아직까지는 여러 가지 면에서 부족하다. 특히 문재인 전 대통령의 꿈은 현실 사회에서 크나큰 부침을 경험하고 있다.

우리가 다시 한 번 힘을 내어 후손에게 물려주기 부끄럽지 않은 나라를 만들어내지 않으면 안 된다. 문재인 대통령께서 말씀하셨던 포용 국가를 실천하면서, 궁극적으로는 노무현 대통령께서 말씀하셨던 '사람 사는 세상'의 꿈을 이뤄내야만 한다.

이 책은 그러한 문제의식을 가지고 썼다. 1장에서는 개인적인 생애사를 반추해보면서 우리 시대의 사회 문제에 접근

해보았다.

2장에서는 그간 호남 출신으로서 느낀 호남 정치에 대한 생각을 담으면서 균형발전에 대한 생각을 밝혔다.

3장에서는 오래도록 거주해온 경기도가 한국 사회에서 가지는 역할이 무엇일지를 고민해보면서, 경제와 정치에 대한 견해를 밝혔다.

4장에서는 다시 서문의 주제로 돌아와 우리 세대가 한국 사회에서 무슨 역할을 해야 하는지를 다뤄보았다. '더 균형잡힌 대한민국'이 필요하다는 착상에 기반하여, 노무현 대통령께서 꿈꿨던 '평화와 번영의 동북아시대를 이끌어나가는 대한민국'이 되기 위해선 어떠한 보완점이 필요한지를 고민해보았다.

나 역시 자녀세대와 갈등을 빚기도 하는 평범한 아버지 중 한 사람이다. 나름의 노력과 고민의 기록을 남기는 것이 동시대 같은 사회를 살아가는 여러 사람에게 도움이 되리라 생각한다. 우리 세대는 지금의 대한민국의 상당 부분을 스스로 성취해냈다고 여겼다. 성장하는 나라에서 태어났기에 우리에게 그런 성취가 가능했다는 점을 도외시했다.

반면 청년 세대가 보기에, 대한민국은 이미 거의 모든 것이 만들어지고 제도화된 나라일 것이다. 그래서 본인들이 할 수 있는 일은 아무것도 없다고 쉽게 좌절에 빠질지도 모른다. 하지만 그들 중 대부분은 기성 세대보다 역량이 부족한 이들이 아니다. 대부분이 높은 교육 수준을 지니고 있음에도 역량을 펼칠 기회를 받지 못하고 있을 뿐이다.

우리 세대에겐 아직도 청년 세대에게 해야 할 의무가 남아 있다. 그 의무는 이번에는 개인적으로 각 가정에서 실행되는 것이 아니라, 공동체 내부에서 사회적인 역량으로 만들어내야 할 것이다. 후세대가 역량을 펼칠 수 있는 세상을 만들어야 한다. 그래야 우리 세대와 그 자녀 세대가 함께 힘을 합쳐 '사람 사는 세상'이란 꿈을 실현할 수 있을 거란 믿음을 가지고 이 글을 썼다.

광명시에서 김포중

광주에서 광명까지,
함께 걸어온 그 길

그 시절엔 호남선 철도가 경부선 철도에 비해 그렇게 낙후했다. 비둘기호를 타고 광주에서 서울까지 올라오려면 11시간이 걸렸다. 첫 상경에 관한 기억은 고난의 청년 시절에 대한 기억과 포개진다. 가난으로부터 도망치다시피 광주를 떠나 서울로 올라오면서 다시는 배곯지 않는 삶이 무엇일까를 상상해봤다. 그러면서 동시에 주변 사람들도 함께 배불리 먹여주고 싶다는 생각을 했다. 햇볕 따가운 날에는 그늘이 되어주는 나무 같은 사람, 비 내리는 날에는 비를 막아주는 우산 같은 사람이 되고 싶었다.

기차 타고 올라오며 했던 생각들

아주 소박한 마음이었다. 나눠서 주변과 함께 잘 살고 싶다는 생각은 했지만 아직 전체 사회까지는 생각하지 못했기 때문이다. 하지만 기차 타고 올라오던 긴 시간 동안 내 마음속을 헤매였던 그 상념들은 진실한 것이었다. 그 마음들이 이후의 삶을 규정했던 것 같다. 도와주고 싶은 주변 사람들의 수는 살아가는 동안 점점 더 늘어났다. 그 마음이 더 크게 자라나서 나중에는 사회 전체까지 바라보게 됐다.

나는 광주에서 태어났지만, 슬프게도 고향을 금방 떠나야만 했다. 유년기와 청소년기를 광주에서 보낸 이후 성년이 되기 전에 서울로 올라왔다. 이후엔 서울 혹은 광명에서 주로 생활하면서 고향은 주로 명절에만 오갔다. 하지만 그렇게 살다보니 고향을 떠나서 여러 동네로 뿔뿔이 흩어진 타향살이의 삶을 잘 이해하게 됐다. 외로운 마음에 호남향우회를 만나게 됐는데, 그 만남은 지역사회에서 봉사활동을 시작하게 되는 계기가 됐다. 그렇게 여러 사람들을 만나면서 사연들을 듣다보니 광주에서 광명으로 넘어온 여정이 어쩌면 혼자만의 것은 아니었다는 것을 알게 됐다.

태어난 곳은 광주광역시의 변두리, 지금의 동구 지원동이었다. 일하는 아버지와 가정주부인 어머니 슬하에서 2남 3녀 중 둘째 아들로 자라났다. 아버지는 방앗간을 하셨다고 하면 보통 사람들은 내가 유복한 집안에서 자라난 것으로 생각한다. 당시엔 '동네 방앗간 집'이라고 하면 보통 잘사는 축에 속하는 집이었다.

그렇게 생각하는 것도 무리는 아니다. 아버지와 어머니는 두 분 다 실제로 형편이 좋은 집안에서 태어나셨다. 아버지는 부잣집 막내아들이었다고 하고, 어머니는 부잣집 막내아들의 큰 딸이었다고 했다. 당시 아버지의 처갓집, 그러니까 내 외가집은 광주에서 걸어서 30여 분 정도 거리에 있었다.

어머니의 유산

어머니는 동네에서 소문난 '손이 큰 사람'
이었다. 부잣집 막내아들의 큰딸이었기 때문인지, 타고난 성정
때문인지는 알 수 없다. 동네에서 온갖 모임을 주재하셨을 뿐
더러, 모임이 없더라도 뭐가 됐든 음식을 한번 하면 크게 해서
동네 사람들에게 모두 나눠주셨다. 집에서 어머니께서 음식을
크게 하면 그 음식을 들고 동네 다른 집들을 찾아가는 것이 어
린 시절의 흔한 기억이었다. 어린 마음에 그런 심부름을 다소
귀찮아했던 것도 같다.

음식을 하는 건 한 번이지만, 그 음식을 전달해주는 이는 십
수번을 움직여야 하지 않느냐는 투정이었다. 그런데 동네의 다
른 집들을 찾아갔을 때 음식을 받는 동네 어르신들이 매우 기
뻐하며 환대를 했던 기억이 아직도 생생하다. 아마도 그런 과

정을 통해서 남에게 베푸는 삶의 기쁨을 학습하게 된 것 같다.

10대 시절 상당히 궁핍하고 힘든 시절을 보냈고, 그렇기에 어머니의 씀씀이에 큰 손을 그리워하면서도 멀리해야 했다. 20대 시절에는 가난을 벗어나기 위해 극단적으로 지출을 아끼는 삶을 살아야 했고, '왕소금'이란 별명이 붙을 정도였다. 그래서 어머니의 미덕을 그리워하면서도 잊고 살아가고 있다고 생각했다.

하지만 형편이 나아지면서, 자연스럽게 지역사회에서 나눔과 봉사를 실천하게 됐다. 그렇게 된 것은 역시 어린 시절 어머니의 선행에 대한 기억이 있었고, 그 선행이 여러 사람들을 기쁘게 함을 경험했으며, 그것을 보고 스스로도 기쁨을 느꼈던 추억이 생생했기 때문이라고 생각한다.

어머니는 신체적으로도 아버지보다 큰 영향을 주셨다. 나는 덩치가 작지 않지만 키는 작은 편인데, 어머니께서 키가 매우 작으셨다. 아버지께서는 그 시절에 180cm가 넘는 장신이셨다. 182cm 정도는 되었던 것 같다. 지금 젊은이들에게 182cm라고 하면 평균보다 다소 큰 적당히 보기 좋고 인기 좋을 정도가 되겠지만 그 시절에는 어마어마한 장신이셨다. 아버지는 젊어서 동네 씨름대회에서 우승하여 황소를 타신 적도 있다고 했다. 물론 내가 태어나기 전의 일이다.

원주 간현유원지에서

아버지의 추억

─────── 아버지는 6·25 전쟁에 참전하셨다고 했
다. 그 시절 그 연배 남성들에겐 지극히 자연스러운 일이었다.
전쟁 때 총을 두 방인가 세 방인가 맞고 전역을 했다고 한다. 훗
날 아버지가 말씀하시길 본인 시절의 군번을 '제주도 군번'이
라 불렀다고 했다. 아마도 우리 현대사의 비극인 1948년의 제
주 4·3 사건이 진행되던 시기에 군생활을 시작한 이들을 당시
에 그렇게 칭했던 게 아닌가 싶다.

아버지는 제주도에서 훈련받았지만 다행스럽게도 제주도에
서 군대 생활을 하지는 않았는데, 하필 그때 전쟁이 터져서 뭍
으로 올라와 바로 6·25 전쟁에 동원되셨다고 한다. 그러다가
전투 중에 실탄을 맞고 병원에서 치료받다가 후방으로 후송되
고 결국 전역을 하게 됐다고 했다.

집안 어르신들은 그 시절에 아버지가 이래저래 고생한 이야기를 쓰려면 책 한 권도 모자랄 거라고 흔히들 말씀하셨다. 아버지는 술을 그렇게 좋아하셨는데, 어린 시절 기억으로 취하시면 군대 시절 힘들었던 얘기를 하시다가 "물어물어 찾아왔소"라고 시작되는 나훈아의 〈님 그리워〉를 부르시고는 했다. 어린 시절에는 취한 아버지가 언제나 부르던 그 노래가 별로 좋게 느껴지지는 않았다. 하지만 나이가 든 후에는 노래방에 가면 종종 취해서 아버지를 그리워하며 그 노래를 부르게 된다. 아버지는 그렇게 군대에서 다치고 돌아오시고도 상이군인 신청을 하지 않으셨다가, 나중에 어머니가 그 사실을 챙기고 당국에 항의해서 상이군인 판정을 받았다.

그 시절 아버지만 그렇게 고생한 것도 아니었을 것이다. 나는 가족관계등록부상 1960년생인데, 실제로는 1959년에 태어났다. 그 시절엔 실제 생년보다 호적이 1~2년 늦는 경우가 흔했다. 갓 태어난 아이가 금세 죽어버리는 시절에 대한 기억이 멀지 않았으니, 영아 시절은 일단 그대로 지나치고 잘 자라날 것 같으면 그제야 신고를 했다는 얘기도 있다. 꼭 그런 이유가 아니더라도 살다보니 바빠서 신고를 미루다가 어느 날 문득 신고를 하면 그렇게 1년 정도 격차는 났다. 그래도 우리가 경험하고 자라나기 시작한 1960년대 이후의 한국은 궁핍하기는 했지만 전쟁에서는 동떨어져 있었다. 우리 세대가 고도 성장하는 한국을 살아낼 기반을 만들어주신 모든 어르신들에게 경의를 표하고 싶다.

경기도 광명, 나아가 경기도 지역사회에서 여러 종류의 봉사를 하고 있지만, 그중에서도 어르신들을 위한 식사 봉사는 특히 관심을 가지고 늘상 추신하려고 노력한다. 동네에서 어르신들을 보면 종종 부모님이 떠오르기 때문이다. 우리 부모님은 두 분 모두 이미 돌아가신 지 오래다. 효도를 해야 한다는 사실을 깨닫고 나면 부모님은 이미 계시지 않는다는 옛날 어르신들의 말씀이 틀리지 않았다는 생각이 든다.

광주의 교회에 대한 기억

———— 어린 시절 광주에서의 기억 중 큰 부분은 교회에 관한 것이다. 교회는 내 유년 시절에 꽤 큰 영향을 미쳤는데, 고모부가 그 시절에 동네에서 개척교회를 하던 사람이었기 때문이다. 정확히는 친고모부는 아니었는데, 고모부뻘 되는 가까운 친척이라 고모부라고 불렀다.

어린 시절 우리 집 대문을 나서면 바로 앞에 교회가 있었고, 개척교회를 하는 고모네 집도 그 근처에 있었다. 고모부는 개척교회 자금을 마련하기 위해 서울 연희동을 오갔기 때문에 보통 그 집엔 고모만 있는 경우가 많았다. 고모부가 서울에서 전도사를 하나 데리고 와서 그 전도사의 설교를 들었다. 그 시절엔 목사가 흔치 않았으니, 전도사만 되어도 곧잘 설교를 하곤 했다.

이처럼 개척교회 운영자의 가까운 친척이었던 탓에 그 시절에 '국자 당번'이란 것을 자주 했다. 그것은 그 시절 어린 아이에게 커다란 권력이었다. 모두가 궁핍했던 시절, 교회는 가마솥 두 개 분량의 수제비나 국수 같은 음식을 끓여서 마을 사람들에게 나눠주곤 했다. 그때 국자를 들고 동네 사람들이 가져온 주전자에 음식을 떠주는 사람이 바로 국자 당번이었다. 가마솥에서 음식을 나눠주는 날이면 교회에서 마을 사람들에게 "한 되짜리 수전자만 들고 오세요"라는 식으로 안내를 해줬다. 다들 굶는 처지라서 조금씩 나눠먹어야 하니 작은 주전자를 들고 오라고 한 것이다.

그런데 국자를 잡고 보면, 친한 사람들에게 조금 더 베풀 수 있게 하는 요령이 있었다. 가마솥의 수제비 등을 국자로 퍼내려다 보면 보통은 건더기가 가라앉아 있다. 국자 당번은 친한 사람이 왔을 때 굳이 국자를 가마솥 깊숙한 곳까지 밀어넣고 가마솥 아랫 부분을 퍽퍽 치면서 휘젓게 된다. 그렇게 하면 건더기가 위로 떠오르기 때문이다. 그래서 겉으로 보기엔 다같이 한 되짜리, 대략 1리터짜리 주전자에 비슷한 양을 퍼다주는 것 같지만 실제로는 친하거나 더 좋아하는 친구들에게 조금씩 더 베풀 수 있었다.

처음에는 고모부를 따라서, 그 후에는 먹을 것을 따라서 향하게 된 교회이지만 그렇게 시작된 신앙은 평생 동안 유지됐다. 여러 사람들이 모여서 경건한 태도로 함께 무언가를 하는 그 분위기가 어린 시절의 나를 압도했다. 그렇게 겉치레부터 알아가기 시작했으나, 예배를 드리고 기도를 하면서 점점 신앙 체험이 늘어났다. 교회의 설교는 죽음이 무엇인지도 인지하지 못했던 아이에게 삶과 죽음을 알려줬다. 가치 있는 삶과 그렇지 않은 삶이 있음을 구분해야 한다는 사실도 알려주었다. 호기심에 성경을 뒤적뒤적할 지경에 이르자, 성경 말씀은 내게 학교에서 가르치는 역사와는 또 다른 의미의 역사가 됐고 교양이 됐다. 신앙 활동이 삶에 풍경의 일부로 확고하게 들어오게 된 것이다.

고모부는 이후 서울을 오가면서 자금을 좀 마련하여 광주시 외곽에 좀 더 큰 교회를 지었다. 500평 정도 되는 땅에 교회를 짓고 사택도 짓고 텃밭도 가꾸었던 것으로 기억한다. 그때 다른 교회에서 남는 탁구대를 준다고 해서, 친구 몇 명과 함께 리어카를 끌고 가서 그것을 받아와서 설치한 기억이 난다. 그때 우리는 아직 키가 작아서 혼자서는 리어카를 끌 수도 없을 정도였는데, 놀이도구를 가져올 수 있다는 생각에 크게 기뻐하고 흥분해서 몇 명이서 낑낑대며 리어카를 끌고 그것을 가져와 설치했다.

이처럼 교회와 신앙 생활에 대한 좋은 기억이 있어서, 훗날에는 아들이 목사가 되어도 좋다고 생각했다. 이 부분에 대해서는 아내와 다소 생각이 달랐다. 아들은 나중에 신학을 공부하기는 했는데, 결국 목사의 길은 가지 않았고 다른 길을 택했다.

한편 젊은 시절에는 숭실대 철학과 교수였던 이당(怡堂) 안병욱 선생의 저술들을 곧잘 사서 탐독할 만큼 신앙은 물론이거니와 철학에도 관심이 있었다. 팍팍한 삶 속에서 독서할 시간을 확보하는 것은 만만한 일이 아니었지만 그래도 교수님의 책을 한 번 구입하면 일주일을 넘기지 않고 다 읽어냈다. 가난이 엄습하는 환경 속에서도 그렇게 신앙과 철학에 관심을 가졌기 때문에 다른 이에게 봉사하는 삶을 살 수 있게 된 것 같다.

어려운 형편의 집을 떠나 서울로

────────── 유년 시절이 어려워진 이유는 아버지가 하신 석산 사업이 잘 안 됐기 때문이다. 아버지는 원동기와 다이너마이트의 기술자였다. 그 재주를 살려 돌을 깨서 당시 '도끼다시' 라고 불렸던 바닥마감재를 만드는 일을 한동안 했다. 석산에서 생산된 집만 한 돌을 집채 만한 원동기를 활용해 자갈로 분쇄한다. 그 자갈에 시멘트와 모래를 섞어서 만든 바닥마감재를 일본말로 '도끼다시' 라고 했다. 요즘은 그런 바닥마감재를 '테라조(terazzo)' 라고 부른다고 한다. 그것으로 바닥을 깔면 먼지가 나지 않는다는 장점 때문에, 예전에는 학교 교실이나 관공서 바닥은 전부 그런 바닥마감재가 깔려 있었다. 그러니 시운이 맞았으면 큰돈을 벌 수 있었을 법도 하다.

하지만 사업이란 것이 흔히 그렇듯이 시운이 맞지 않아 유행이 오기 전에 일을 먼저 시작했기 때문에 큰 손해를 입고 손을 털게 된다. 만들긴 만들었는데 당시로선 도무지 판로를 찾을 수가 없었다고 했다. 돌이켜보면 아버지는 상당히 창의적이고 도전 정신이 뛰어난 사람이었다. 오늘날처럼 사회의 각종 인프라가 갖춰진 상태에서 사업을 했다면, 그러한 아이디어만으로도 성공할 수도 있었을 것이다. 하지만 그 시절엔 한국 사회에 너무나 많은 것들이 미비하고 부족했다. 나도 아버지의 피를 이어 받았는지, 평범한 생활이 반복되는 일을 선디기 어려워하고 여러 가지 일을 벌이고 싶어하는 성향이 있다. 그런 성향은 완전히 억누를 수는 없으며, 그것을 적당히 활용하며 살아야만 한다. 과연 지금 현실적으로 작동할 수 있는 것을 추구하는지를 끊임없이 확인해야 한다.

결국 아버지가 방앗간을 하게 된 것은 이전 사업에서 큰 손해를 본 이후였다. 그래서 동네 사람들이 생각하기에는 두 분 다 유복한 가정에서 태어나신 부모님이 방앗간을 하고 있으니 제법 사는 줄 알았지만 유년 시절의 우리 형제 자매들의 사정은 별로 좋지 않았다. 내 경우는 중학교 시절 2년 정도 신문 배달을 하면서 학비를 벌어야만 했다. 한번은 그렇게 일을 하는 것을 본 선생님이 '공부에 전념해야 한다' 고 말리기도 했지만 어쩔 수가 없었다. 실은 일을 하면서 돈을 약간씩 버는데도 학비를 내는 것이 버거울 정도였다.

먼 훗날 박승 전 한국은행 총재의 경험담에서 내 어린 시절과 비슷한 점을 발견하고 반가웠던 적이 있다. 박승 전 총재 역시 전라북도 김제 소작농의 아들로 태어나 가난을 인에 박히도록 경험한 사람이다. 중학교 때부터는 기차와 도보로 하루 14km 거리를 왕복하며 통학을 했다고 한다. 그분은 나보다 20년 이상 윗 세대이기 때문에, 그가 당시 중학교를 다니던 시절은 전쟁 중이었던 시절이라 했다.

그리고 당시 시험을 치를 때는 교문 앞에서 수업료 영수증을 검사하는 일이 빈번했다는 것이다. 영수증을 내지 못하는 이들은 시험에 응시할 수 없도록 했다고 한다. 그래서 박승 전 총재는 한번은 그 영수증을 내지 못하여 시험에 응시하지 못했다고 한다. 그는 너무나 큰 충격을 받아 아침부터 오후 5시 반까지 멍하니 밖에 있다가 기차를 타고 집에 돌아오면서 오만가지 생각을 다 했다는 것이다.

"내가 공부를 안 해서 성적이 나쁘다면 내 잘못이지만, 수업

료를 못 내서 시험을 못 본 건 누구의 잘못인가. 내 책임인가, 부모의 책임인가, 사회의 책임인가. 앞으로 자녀를 낳으면 절대 수업료 걱정은 시키지 말아야지."

박승 전 총재는 서울대학교 경제학과에 입학한 다음에도 수업료가 여전히 걱정인지라 학교에 등록만 해놓고 고향에서 농사를 지어 등록금을 충당하느라 시험 때만 학교에 가는 일이 다반사였다고 한다. 그 시절 가난으로 인해 학업의 어려움을 겪었던 사람들 중 다수는 비슷한 고민을 했던 것 같다. 박승 전 총재는 최근 한국 경제의 문제를 지적할 때에도 민생 경제의 어려움을 논하곤 해서 공감을 준 적이 많은데, 그의 식견이 그런 방향으로 형성된 것은 어린 시절의 가난의 경험과 무관하지 않을 것이다.

당시에 우리 친척 중에서는 유일하게 사촌형이 서울에서 제법 잘 살았다. 서울 신림동에 있었던 사촌형 집에 가보면 마당이 있는 이층집에 마당에는 잔디가 깔려 있고 스프링클러가 돌아갈 정도였다. 나중에야 알았지만, 당시 사촌형 옆집에 살았던 이가 바로 얼마전에 세상을 떠나신, 원로 경제학자이며 서울시장과 국회의원까지 지낸 조순 선생이라고 했다.

우리 형제들은 사업에서 진 빚을 방앗간을 해서 갚느라 정신 없으셨던 부모님을 떠나 자연스럽게 사촌형의 집으로 향하게 됐다. 우리 집은 형제자매가 2남 3녀였으며 그 중에서 나는 셋째였다. 그중에서 동생 둘은 남겨두고 손위 3남매가 상경하게 됐다. 형과 누나는 그래도 중학교는 졸업하고 상경했는데, 나는 미처 중학교도 졸업하지 못하고 상경했다. 어린 마음에 여러모로 착잡했다. 당시 사촌 형수가 우리 형제자매들에게 공부를 가르쳐 줬다. 우리가 학업을 마치지 못하고 상경한 사정을 익히 알고 있었기 때문이다.

서울에 와서 사촌형네 집에서 우리 형제가 지내니, 아무리 친척 사이라도 다소 눈치가 보이는 건 어쩔 수가 없었다. 더구나 일이 안 풀리려고 그랬는지 설상가상으로 그렇게 잘 살던 사촌형도 가세가 기울기 시작했다. 그는 그 시절에 건설사를 크게 했는데 같이 하던 친구들에게 사기를 당했다고 했다. 그러니 그곳에서 지내는 것도 더더욱 눈치가 보이는 일이 됐다. 무엇보다 중학교 학력은 있어야 했는지라 나는 잠깐 중학교 검정고시를 치르기 위해 광주에 다시 내려왔다. 검정고시 합격 이후엔 광주에서 잠깐 출판사를 다니면서 책을 인쇄하고 제본하는 일을 도왔다. 하지만 그 일에서 미래에 대한 희망을 보지는 못했다.

어느덧 진로도 찾지 못하고 방황하고 있었는데, 사촌형이 '앞으로의 세상에서 잘 살아가려면 자격증 같은 걸 따면 좋다' 라면서 다시 서울에 올라올 것을 권했다. 그 말에 솔깃하여, 여전히 어려웠던 광주 부모님 집에서 출판사를 다니는 것이 미래를 담보해줄 수는 없다는 생각에 다시 상경하게 됐다. 그렇게 서울과 광주를 오는 경험이 어린 마음에 서러웠던지 지금도 그 시절 얘기를 떠올리면 눈에 눈물이 맺힌다.

저축생활 체험수기로
재무부장관 표창을 받다

──────── 서울에서 고등학교 검정고시 공부를 하다 가 미원에 입사해서 16년의 세월을 일하게 된다. 미원에 처음 들어온 것은 1979년의 일이다. 원래대로라면 당연히 고등학교 를 졸업해야 자격이 생기는 것이었는데, 당시 여러 사정으로 졸업 예정의 상태로 일하게 됐다. 그 시절 남성들이 미원 같은 대기업에 들어오려면 군대까지 다녀온 후 입사하는 게 일반적 이었기 때문에 상당히 예외적인 케이스였다. 그때 미룬 군복무 는 나중에 보충역으로 대신하게 된다. 그래서 한동안은 회사를 다니면서 영등포시장의 한샘학원에서 하는 검정고시 학원을 함께 다녔다. 그야말로 주경야독의 상황이었다.

종로 부암동에 있었던 미원의 회사 근무가 끝나고 퇴근하면,

그 본사 건물에서 쉬지 않고 정확히 19분을 달려야 영등포시장의 검정고시 학원에 간신히 도착할 수 있었다. 지금은 그리 날렵하지 않지만 그때는 체중이 62kg 정도였고 상당히 빨리 달렸다. 어느 골목에서 어떻게 꺾어야 했는지, 어느 철길을 지나야 했는지 아직도 기억이 생생하다. 그 시절엔 지하도도 아직 없었고 신호등도 많지 않았으니 전속질주하면 그렇게 학원에 도착해서 공부할 수 있었다. 상당히 고생스러운 시절이었지만 다행히 고등학교 검정고시 자격증은 금세 땄다.

미원은 지금도 상당히 인정받는 기업이지만 당시에는 굴지의 대기업 대접을 받았다. 그곳을 다닌다고 하면 어디 가서 무시받지는 않았던 시절이다. 그렇지만 당시 느끼기에 회사의 처우는 대단히 열악했다. 봉급도 박봉이었을뿐더러, 일상 업무에서 종업원을 존중하지 않는다는 느낌도 많이 받았다. 하지만 직장 생활을 하다 보니 미원은 회사로서 큰 장점이 있는 곳이었다. 돈을 벌면 버는 만큼 직원들에게 많이 나누어주는 회사였던 것이다. 그래서 처음에는 박봉이라고 느꼈지만 다니다 보니 급여 수준도 차츰 만족스러워졌다.

그렇게 직장 생활을 2년여 했을 때, 인생의 전환점이 되는 사건이 생겼다. 사내에서 공모한 저축생활 체험수기에서 우수상을 수상하게 된 것이다. 당시에는 지출을 최대한 줄이고, 수입의 90%가량을 저축하며 살고 있었다. 그래서 당시에 붙은 별명이 '왕소금'이었다. 이런 사연을 담은 저축생활 체험수기로 사내 우수상을 수상하니, 미원그룹 내부에서 여러 회사를 다니면서 저축 성공 사례에 대한 강연을 하게 됐다. 처음에는 사내 강연을 했고, 그러다가 라디오방송에 출연하게 됐고, 나중에는 나라에서 운영하는 교육프로그램에서도 강연하게 됐다. 저축생활 체험수기로 우수상을 받은 것이 1981년인데, KBS와 MBC 등 여러 라디오 방송 출연과 강연 등이 1983년까지 이어졌다. 그래서 1983년 6월에는 한국은행 총재 표장을 받게 됐고, 같은 해 10월에는 재무부장관 표창까지 받게 됐다.

여러 방송 출연 중에는 KBS 공채 아나운서 1기 이계진 아나운서와 함께한 방송과, MBC 라디오의 대표적인 장수 프로그램인 〈강석, 김혜영의 싱글벙글쇼〉에 출연한 것이 특히 기억에 남는다(강석, 김혜영 두 사람은 수십 년 간의 활동 이후 하차하고 현재는 〈이윤석, 신지의 싱글벙글쇼〉가 됨). 재무부장관 표창을 받을 당시 장관은 개발독재 시절 유능한 경제학자였다가 이후 경제 관료와 정치인을 역임한 고 김만제였다. 전두환 시절이었는지라, 표창을 받을 때 전두환 대통령이 참석한다고 하여 질색했던 기억도 가지고 있다. 정작 행사 자체는 잘 기억이 나지 않는다. 5공 군부독재의 시절에 대통령까지 참석하는 행사였으니 너무 딱딱하고 격식이 넘쳐 잔뜩 긴장을 했기 때문이다.

이후에는 미원그룹 내에서 모범사원으로 분류되어 회사 생활을 나름대로 열심히, 보람있게 하게 됐다. 훗날 삶에서 중요한 지분을 차지하게 되는 노동조합 활동을 처음으로 시작한 것도 미원에서다. 그런데 내 이력을 떼어보면 경력이 미원이 아니라 "NPC(주) 구 내쇼날푸라스틱(주)"라고 적혀 있다.

당시엔 내쇼날푸라스틱이 미원 그룹의 한 회사였는데, 훗날 독립해서 나와 오늘날의 NPC가 됐기 때문이다. 내쇼날푸라스틱은 당연히 플라스틱을 취급하는 회사였는데, 산업용기와 가정용기를 함께 취급했다. 주로 '파렛트 상자'라고 불리는 바닥에 까는 플라스틱 상자 같은 것들을 만들었다. 회사를 다닐 당시엔 서울시 영등포구 대림동에 사옥이 있었고 이후 안산으로 옮겼다. 말레이시아와 싱가포르에는 해외 공장도 있을 정도였고, 광역시마다 지사가 있었다. 그곳에서 전국적인 판매망 관리를 맡게 됐는데, 그러다 보니 스스로도 사업을 할 수 있겠다는 욕심이 자라났다.

NPC(주) 근무 시절

아내를 만나다

———— 저축생활 체험수기 우수상 수상 및 각종
표창이 인생의 전환점이었던 까닭은, 그 일로 지금의 아내를
만났기 때문이기도 하다. 아내와는 사내연애를 하다가 결혼까
지 했다. 처음 만날 때 아내는 생산관리 쪽에서 일하고 있었고
나는 자재관리 쪽에서 일하고 있었다.

당시 저축생활 체험수기 덕에 한참 이런저런 라디오방송에
나가고 있었는데, 그런 방송에 나갈 때면 미원의 구내식당 바
로 앞에 큰 전지를 대자보처럼 붙여서 미리 공지를 해줬다. 예
를 들어 "금일 사내 저축생활 체험수기 최우수상 김포중 계장
의 라디오방송이 있습니다. KBS1〈11시에 만납시다〉에서 이계
진 아나운서와 함께 출연합니다. 많은 시청 바랍니다"라는 식
으로 써놓은 것이다. 그렇게 방을 붙여두면 사원들이 점심을

먹으러 가면서 그걸 확인하고 자기들끼리 수군대거나 내게 축하인사를 건네기도 했다.

이미 미원그룹 내 20여개 회사에서 사내강연을 두루 다녔는지라 직원들은 내 얼굴을 거의 다 알고 있었다. 사내강연은 보통 오전 11시쯤 소집되어 20여 분 진행됐고 강연이 끝나면 직원들은 곧바로 구내식당에 점심을 먹으러 가곤 했다. 그렇게 사내강연을 그룹 내부에서 한 바퀴 쫙 돌고 난 다음에, 내가 저축 우수사례로 라디오방송에 출연한다는 공지가 나왔으니 그 상황을 모두가 다 알고 있었다. 당시 나는 남자 기숙사에서 살고 있었는데, 하루는 동료가 내게 쪽지를 전해주면서 어떤 여성이 나를 만나고 싶다고 찾아왔다고 했다.

처음에는 시큰둥했다. 그때는 내친 김에 공부를 좀더 해서 다른 회사로 옮길까 하는 생각도 있었고, 사내연애를 할 생각은 없었다. 그렇게 두어 번 만남에 응하지 않고 피하자, 그 다음에는 동료들이 말하길 그 여성이 기숙사 앞에서 울며 돌아갔다고 놀렸다. 그러면서 다음에도 그 여성이 찾아오면 꼭 나가서 만나보라고 했다. 그렇게 계속 기숙사를 찾아왔으니 아내는 당시로서는 대단히 적극적이고 진취적인 여성이었던 셈이다.

결국 동료들의 성화를 못 이기고 등 떠밀려 나가서 그 사람을 만나게 됐는데, 내키지가 않았던 터라 처음에는 기숙사에서 지급하는 체육복 차림 그대로 나갔다. 당시 체육복은 춘추용과 동계용 두 벌이 지급됐는데, 그때는 겨울이었다. 다소 마음에 들지 않는 표정으로 나가서 "여성분이 이렇게 남자기숙사 앞에서 기다리시면 안 된다"라는 말부터 했다.

그런데 그날 마침 눈이 내렸다. 펄펄 내리는 함박눈까지는 아니었는데, 적당히 겨울철 낭만적인 분위기를 만들 정도로는 내렸다. 아내와 몇 마디 나누다 보니 상당히 속이 깊고 따스한 마음을 가진 사람이었다. 그렇게 대화를 나누면서 가슴이 뛰기 시작했고, 불과 첫 만남의 대화에서 어느 순간 '이 사람이 내 아내가 될 사람인가?'라는 민망한 생각이 들었다. 물론 아내도 이성적인 호기심을 가지고 나를 찾아온 것이었다. 당장 그날부터 사내연애의 나날이 시작됐다.

사내연애는 6년 정도 이어졌다. 당시 사내연애는 몰래 하는 것이었다. 한 회사에서 남자와 여자가 연애를 하다가 들키면, 여성 쪽에 퇴사 압력이 들어오는 게 그 시절이었다. 사내비밀연애를 하다 보니 웃지못할 에피소드도 생겼다. 둘이서 설악산

여행을 갔는데, 다른 직원 커플을 마주친 것이다. 그들도 우리도 서로의 사내 비밀연애를 모르다가, 거기서 알게 된 셈이다. 그 커플은 둘 다 아내가 일하는 생산관리 쪽 사람들이었다. 그 커플이 설악산에 함께 있단 것은 내가 먼저 알아챘다. 우리 커플의 옆 텐트에 그들이 있었던 것이다. 이쪽은 눈치 챘지만 그들은 미처 우리를 알아보지 못해서, 잘 넘어갈 수 있을 거라 생각했다. 딴에는 평소 회사 다니는 모습과는 다소 다르게, 약간의 변장도 한 상태였다.

그렇게 넘어가나 싶었는데, 우습게도 두 커플은 흔들바위 앞에서 마주치고야 말았다. 눈앞에서 마주치니 약소한 변장은 별로 소용이 없었다. 우린 미리 알고 있어서 민망한 웃음을 지었지만, 그 커플은 크게 놀란 것 같았다. 결과적으로는 상세하게 말을 맞춘 것도 아니건만 서로의 비밀을 암묵적으로 지켜주는 사이가 됐다.

나중에 나는 다른 회사에서 일하면서 사내 결혼한 이들 중 여성에게 퇴직을 종용하라는 지시도 받게 됐는데, 그 시절의 우리 생각이 많이 났다. 그래서 퇴직을 종용받는 여직원이 노동 사무소에 신고를 한다고 하면 슬쩍 신고하는 요령을 가르쳐주고 노동사무소의 조사에도 협조하곤 했다. 하지만 정작 아내는 사내연애까지는 비밀로 했지만, 결혼을 하면서는 미원을 퇴사하게 됐다.

광명에 대한 첫 기억

────────── 1989년, 아파트 청약이 당첨되어 경기도 광명시 주공아파트로 전입했다. 아내와 결혼한 직후에 일이 그렇게 풀렸으니 운이 꽤 좋았다. 그것이 우리 가족과 광명시와의 첫 만남이었다. 그 주공아파트는 논바닥을 개발해서 단지가 형성된 곳이었는데 안양천을 끼고 있었다. 안양천을 건너가면 구로공단(현 가산디지털단지)이 나왔다. 내가 전입했을 때엔 이미 논밭은 전혀 보이지 않는, 건물들이 촘촘하게 들어선 대단지였다. 한참 많은 것들이 건설되고, 하루가 멀다 하고 새로운 건물이 들어서면서 발전하던 시절이었다.

광명시로 온 뒤, 그러니까 30대 초반 무렵부터 봉사활동 이력이 시작됐다. 이십대 '왕소금'에서, 어머니가 물려주신 '손이 큰 사람'의 성격으로 돌아가게 된 것이다. 이 점은 아내에게 정말로 미안해하는 부분이다. 아내는 왕소금 시절의 나를 보고, '이 사람이라면 생활력이 있고 믿을 수 있겠구나' 라는 생각을 하며 결혼을 했을 테니 말이다. 봉사활동은 처음부터 호남향우회 활동으로 출발했다. 타향살이의 설움을 고향사랑, 향인사랑으로 풀어보려고 했다. 광명시의 호남 사람들과 동네에서 막걸리를 한잔하면서부터 시작했다. 사람들을 만나고 술을 마시고 하다가 정기적으로 봉사활동까지 다니게 됐다.

1990년대 초반만 하더라도 지역사회에서 봉사활동이 그렇게 흔한 것은 아니었다. 몇몇 지인들은 '뭐가 됐든 열심히 하는 게 좋기는 한데, 인생에 도움은 안 되면서 시간은 너무 많이 잡아먹는 일이 아니겠느냐' 고 우려하기도 했다. 그런 말을 들을 때마다 삼성그룹의 창업자인 고 이병철 회장이 했던 말을 떠올리면서 마음을 다잡았다. 이병철 회장은 집이 부유해서 젊은 시절에 그다지 일할 필요성을 느끼지 못했는데, 어느 날 문득 네 아이의 아버지가 된 자신을 깨닫고 '사업보국(事業報國, 사업을 통해 나라를 이롭게 함)' 의 신념으로 창업을 했다고 알려져 있다. 물론 그러한 삶의 이력은 가난의 설움을 연료삼아 열심히 살아온 우리 보통 사람의 그것과는 사뭇 다르다. 하지만 '삶의 경험은 본인이 활용하기 마련'이라는 철학을 담은 그의 다음과 같은 말은 나에게도 크게 와닿았다. 남들이 뭐라고 하든 봉사활동의 경험을 소중히 여기고 잘 활용하면서 살아가겠다고 생각했다.

"어떠한 인생에도 낭비라는 것은 있을 수 없습니다. 실업자가 10년 동안 무엇 하나 하는 일 없이 낚시로 소일했다고 칩시다. 그 10년이 낭비였는지 아닌지, 그것은 10년 후에 그 사람이 무엇을 하느냐에 달려 있습니다. 낚시를 하면서 반드시 무엇인가 느낀 것이 있을 것입니다. 실업자 생활을 어떻게 받아들이고 어떻게 견뎌 나가느냐에 따라서 그 사람의 내면도 많이 달라질 것입니다. 헛되게 세월을 보낸다고 하더라도 남는 것이 있을 것입니다. 문제는 헛되게 세월을 보내는 데 있는 것이 아니라, 그것을 어떻게 받아들여 훗날 소중한 체험으로 살리느냐에 있습니다."

첫 직장생활을 통해 내가 얻은 것들

──────── 고향 사람들과 어울리다 보니 재미있는 에 피소드들도 생겨났다. 한번은 미원 회사의 한 후배가 광주에서 결혼식을 하게 됐다. 그래서 직장의 하객들이 광주로 내려가야 했는데, 100여 명의 직원들이 한꺼번에 내려가야 하다보니 갑 자기 열차표나 버스표를 구하기가 어려웠다.

당시 알고 지내는 한 선배의 아버지가 전라남도 보성역장이 었다. 영등포역에서 광주역을 오가는 왕복표를 구해달라고 부 탁했더니 9량짜리 기차의 뒤편에 1량을 더 달아 10량을 편성하 고, 마지막 1칸을 통으로 잡아주셔서 70여 석 표를 확보했다. 남은 이들은 버스 한 대를 대절하여 보냈다.

명단을 체크하면서 열차 탑승자를 노는 걸 좋아하는 사람들 위주로 편성했다. 그리고 열차 칸에 소주 2박스, 맥주 1박스, 그리고 돼지고기 앞다리살 2박스, 홍어 3마리, 김치 등을 넉넉

하게 넣었다. 왕복 표값과 술값, 안주값은 모두 내가 계산했다. 그래서 열차에 탄 사람들은 거나하게 취했는데, 문제는 결혼식 사회를 봐야 하는 신랑 친구도 같이 취해버렸다는 것이다. 광주에서의 결혼식은 신랑 친구의 혀 꼬부라진 발음의 사회와 함께 성대하게 치러졌다.

미원에서의 회사 생활은 사람 사는 세상에서 필요한 끈기를 많이 길러줬다고 생각한다. 미원에서 있었던 일 중에 또 하나 잊기 어려운 기억은 '의식고도화 훈련'이다. 그 훈련은 일본식 교육을 바탕으로 한국공업표준협회가 1980년대에 만들어서 시행한 것이다. 우리가 받았을 때엔 경기도 안성에서 일주일짜리 프로그램이 시행됐는데, 무려 새벽 6시에 일어나서 저녁 12시까지 진행되었다. 프로그램은 주로 2인 1조로 진행됐는데, 누구와 짝이 될지, 한번 정해진 짝이 언제 교체될지는 미리 고지되지 않았다. 중간에 혈압을 재는 검사도 한 번 받았던 것으로 기억한다.

훈련 중에서도 가장 힘들었던 프로그램은 역시 2인 1조로 진행되는 야간산행이었다. 4~5시간 정도 진행되는 코스였던 것으로 기억된다. 중간 중간에 쪽지로 주어지는 문제를 풀어야 했는데, 문제엔 일반 상식도 있고 수학도 있었다. 문제를 풀어야 다음 코스로 이동할 수 있었다. 그 야간산행 프로그램에서 갑자기 한 여직원과 새로 짝이 되었는데, 그날따라 코스 중간부터 난데없이 비가 쏟아졌다. 이동도 빨리 해야 하고, 문제도 풀어야 하는데, 여직원은 하필 생리 기간이라서 움직이는 것도 힘들어했다. 그러다보니 중간에 넘어지고 긁히고 해서 종아리에서 피가 흘렀다. 그렇게 여직원을 부축해가며 그 프로그램을 수행했다. 그래도 최종적으로 우리가 3등쯤 했던 것으로 기억된다.

그 훈련은 흔히 하는 말로 "미쳐야만 통과할 수 있다"고 했다. 일본 사람들이 만들어낸 지독한 프로그램이었다. 우리의 경우 입사 후 몇 년 지나서 받게 됐지만, 이후로는 미원그룹의 전 직원이 입사하자마자 통과해야 하는 교육 프로그램이 됐다고 했다. 다른 재벌 그룹에서도 많이 시행됐다. 오늘날의 기준으로 보면 매우 폭력적이고 낡은 프로그램으로 보일지도 모르겠다. 그래도 이런 것까지 하던 우리 세대의 정신력이 지금의 한국 사회를 만들어낸 기반임은 분명하다고 생각한다.

사업 실패의 시련을 겪다

────────── 미원에서 전국적인 판매망 관리를 하다 보니 자신감이 붙어서 내 사업을 할 수 있겠다는 생각을 하게 됐다. 1994년에 나는 16년을 다닌 첫 직장 미원그룹에서 퇴사했다. 그리고 첫 사업에서 실패의 쓰디쓴 경험을 하게 된다.

다소 억울한 면도 있었다. 미원그룹에 퇴사 이유를 '개인사업을 하기 위해' 라고 사전에 밝히고 설명했으며, 사업계획서도 제출했던 것이다. 내쇼날푸라스틱의 근무 경험을 살려 광주에 내려가서 플라스틱 대리점을 하려고 했다. 사업계획서를 내고 퇴사할 때까지는 별다른 마찰이 없었다. 그런데 막상 사업을 시작하니 미원 측이 방해하는 것이 아닌데도 광주에 있는 도매상들이 들고 일어나는 상황이 됐다.

미원과 거래하던 고급과자를 만들던 회사, 비누를 만들던 회사들이 이쪽 사업에 대해서는 일거리를 주지 않으려고 했다. 설립한 사업체의 출장소장이 광주에서 도매상 사람들에게 붙잡히는 일도 일어났다. 결국엔, 1년을 채 못 채우고 사업을 포기하고야 말았다.

손해를 헤아려보니 무려 7억 원이나 됐다. 그때 화폐 기준을 생각하면, 첫 사업 도전에서 재기하기 어려울 정도의 큰 손실을 입은 것이다. 다행인 것은 이전에 광명에 사둔 아파트가 제때 팔리지 않아 전세를 주고 내려갔다는 것이다. 그렇다고 집주인이 1년 만에 다시 돌아와 세입자더러 전셋집을 바로 빼달라곤 할 수는 없었다. 어쩔 수 없이 우리 가족은 다른 곳에 전세를 구해 들어가야만 했다.

서울시 금천구 독산동에 새로운 보금자리를 구했다. 광명 아파트에 내준 전세는 전세 세입자에게 2년 기한을 채우게 한 후 내보냈으니, 우리 가족은 1년을 독산동에서 산 뒤 광명으로 되돌아갈 수 있었다. 광명으로 돌아가기까지는 1년 걸렸으나, 그때 입은 막심한 손해를 메꾸는 데엔 한참의 시간이 걸렸다. 불행 중 다행이었던 것은, 1997년 IMF 구제금융 사태로 온 나라가 힘들어지고 실업자들이 넘쳐나기 전에 제때 새로운 취직자리를 구했다는 것이다. 새로 구한 직장은 당시 서울종합터미널(주), 지금의 신세계센트럴시티였다. 1996년 3월에 입사했다. 미원 이후 두 번째 직장이었던 이곳에서 나는 20여 년 가까이 일하게 된다.

첫 사업 시도가 실패한 경험을 반추하며 여러 가지 교훈을 얻게 됐다. 미원그룹 내에서 모범사원으로 분류되어 승승장구하면서, 하는 일이 마음먹은 대로 잘 풀리는 경험을 했다. 그 몇 년간 모든 일이 순풍에 돛을 단 배가 빨리 움직이는 것만 같았다. 결혼하고 아내가 퇴직할 즈음에 광명의 주공아파트에 청약 당첨된 것도 그랬다.

바로 그 지점에서 오만해졌다는 생각을 하게 됐다. 미원그룹에서 일했던 역량과 본인 자신의 역량을 구분하지 못하고, 쉽게 사업계획을 세웠다는 생각이 들었다. 훗날 다시 사업을 하게 될는지도 모르겠으나, 일단 회사 생활을 통해 스스로의 역량을 더 확실하게 만들어야겠다는 생각을 했다. 현대그룹 창업주 정주영 회장의 격언, "시련은 있어도 실패는 없다"와 "스스로 운이 나쁘다고 생각하지 않는 한은 나쁜 운이란 없다" 같은 말들을 떠올리면서 다시 힘을 냈다.

또한 사업 실패로 어려운 지경에 처하니 과거 미원의 동료들은 물론 광명에서 알게 된 호남인 출신 선후배들에게 음으로 양으로 많은 도움을 받았다. 지역사회에서 한 봉사의 가치를 다시 한번 느끼게 됐으며, 지금은 형편이 너무 어렵지만 재기하면 더한 봉사를 해야겠다고 생각하게 됐다. 인생만사 새옹지마라고 했으니, 전화위복을 노려야만 했다.

서울종합터미널(주) 근무 시절

가족에게 미안했다

————— 당장에는 아내를 포함한 가족에게 너무나도 미안했다. 아내는 '왕소금'이었던 나를 보고 생활력을 기대하면서 결혼했을 것이다. 하지만 사업 실패로 다시금 우리 가족은 생활고에 빠졌다. 퇴사하고 잠시 전업주부로 살았던 아내도 다시 바깥으로 나가 일을 해서 돈을 벌어야 하는 처지가 됐다. 아내는 '이왕 벌어진 일 어떻게 하겠느냐' 면서 큰 원망도 불평도 없이 다시 생활전선에 뛰어들었다. 고맙고도 민망했다. 어려운 시절에서 간신히 벗어났다고 생각했는데, 또 한 번 악전고투가 시작됐다.

아내는 먼저 한 조그만 호텔을 1년 반쯤 다니다가, 그저 일반 종업원으로 다니는 것만으로는 전망이 보이지 않는다고 느꼈는지 조리사 자격증을 따겠다고 했다. 자격증을 따기 위해 교육받는 과정도 쉽지는 않았다. 새벽에 일어나서 서초구 양재동에 있는 교육문화회관으로 교육을 받으러 다녔다. 지금이야 광명에서 양재동까지가 그렇게까지 멀게 느껴지지 않지만 당시 로선 버스를 세 번 갈아타는 경로였다. 그 생활을 3년 정도하고 시험을 쳐서 자격증을 땄다. 이후 다른 호텔에 조리사로 취직하고 그 후 좀 더 크고 유명한 호텔로 새로 옮겼다. 예전보다 좀 더 형편이 나아졌지만 매년 영어시험을 쳐서 평가를 받아야 하는 것이 스트레스가 됐다. 외국인을 고객으로 삼는 호텔에 입사하니 그런 어려움이 있었다.

우리 부부 모두 새벽에 일어나서 일터에 나가서 밤늦게야 돌아오는 삶을 살아야 했다. 그런데도 별탈 없이 무사히 자라나준 두 아이에게 감사하고 미안했다. 두 아이는 아내가 미리 해둔 아침밥을 직접 차려 먹고 등교했다. 그런데도 딸과 아들은 둘 다 초등학교에서 반장을 했다.

특히 딸아이는 중학교 1학년 첫 중간고사에서 '올백'을 맞아서 나를 놀라게 했다. 초등학교 성적표엔 그저 '수우미양가'라고 적혀 있으니까, 거의 '수'를 받아온다는 것만 알았지 몇 개나 틀리는지는 잘 알지 못했다. 딸아이의 중학교 때 성적표를 받아 보고 나서야 나는 이 아이가 얼마나 공부를 잘하는지를 알게 됐다. 공부를 상당히 오래 시켜야 할는지도 모르겠다고 생각했다. 결국 딸아이는 나중에 이학박사 과정까지 마쳤다. 나는 딸아이에게 '이제는 여성도 자기 꿈을 펼치면서 사는 시대가 왔다'라면서, 괜히 집안 형편이 어렵다는 지레짐작으로 공부를 그만두지 말라고 북돋아주곤 했다.

한편 이 시기부터 새벽 4시 즈음 기상해서 하루를 시작하는 습관을 들였고 지금까지도 이어지고 있다. 젊은 시절에는 근면함을 강조한 정주영 회장의 격언을 찾아보면서 마음을 다지기도 했다. 그 시절부터 좋아하게 된 정주영 회장들의 명언으로는 다음과 같은 것이 있다.

"나는 젊을 때부터 새벽 일찍 일어난다. 그 날 할 일에 대한 기대와 흥분 때문에 마음이 설레어 늦도록 자리에 누워 있을 수가 없기 때문이다. 밤에는 항상 숙면할 준비를 하고 잠자리에 들었다. 새날이 왔을 때 가뿐한 몸과 마음으로 즐겁고 힘차게 일을 하기 위해서이다."

"10배로 일하는 사람이 10배는 피곤해야 맞는 이치인데, 피곤해하고 권태로워하는 것은 오히려 게으름으로 허송세월하는 이들인 것을 보면, 인간은 일을 해야 하고 일이야말로 신이 주신 축복이라고 나는 생각한다."

자녀들과 함께

'강남고속터미널 호남선'이
발전하는 모습을 목격하다

——— 한국 영화 최초로 아카데미 4관왕을 석권한 봉준호 감독의 영화 〈기생충〉에서 아버지 역할을 맡은 송강호 배우와 아들 역할을 맡은 최우식 배우는 무슨 상황을 맞닥뜨릴 때마다 '참으로 상징적이다', '시의적절하다' 같은 말들을 한다. 그런데 내가 서울종합터미널(주), 지금의 신세계센트럴시티에서 20여 년간 일한 것이야말로 어떤 의미에선 상징적이고, 시의적절한 일이 아니었나 싶다.

서울종합터미널에 입사하던 1996년은 삼풍백화점이 무너지는 등 한국 사회가 매우 어수선한 시기였다. 김영삼 정부 시기 대한민국은 고도 성장으로 확보한 경제력은 선진국 문턱에 왔다고 평가받았고, 국민들은 민주화도 얼추 이루어졌다고 느꼈다. 그런데 성수대교가 붕괴하고 삼풍백화점이 무너지는 등의 대형 사고가 이어지니 사회가 뿌리부터 흔들리는 듯한 느낌이 있었다. 그 불길한 느낌은 그 다음해인 1997년의 IMF 구제금융 사태로 인해 현실화됐다. 그전에 취직할 수 있었던 것은 천만다행한 일이었다.

서울종합터미널은 원래는 시외버스터미널로 사용할 목적으로 만들었다고 하는데, 개장된 이후에는 '호남선'으로 활용됐다. 1978년에 가건물로서 출발을 했는데, 1996년에 입사했을 때에도 신축 건물의 공사는 진행 중이었지만 여전히 가건물에서 업무를 보는 상황이었다. 바로 옆에 있는 5층짜리 경부선 터미널과 비교되는 호남선 터미널은 한국 사회의 지역차별, 호남 소외의 상징과도 같았다.

하지만 2000년에 센트럴시티 건물이 완성되면서 상황은 역전됐다. 신세계백화점이 들어선 뒤 오히려 신세계센트럴시티가 상권의 중심이 됐다. 호남선 건물이 바뀐 과정은 그야말로 상전벽해(桑田碧海)였다. 입사했을 때엔 영동선이 호남선과 같은 가건물을 썼는데, 그 영동선이 잠깐 경부선 건물로 넘어왔다가 나중에는 더 화려한 우리 건물로 돌아온다는 것을 받아주지 않게 되면서 격세지감을 느끼기도 했다. 2000년대 초반에는 인천 공항으로 향하는 리무진 버스를 우리 터미널에서 운영했던 일도 기억에 생생하다.

두 번째 회사 생활에 대해서 말한다면, 이직을 하니 다시 박봉부터 시작이었다. 하지만 아내도 고생시키는 처지로 거기에 대해 불평을 할 겨를이 없었다. 영업부서에서 터미널 관리 업무를 시작했으며, 주로 전산 프로그램을 담당했다. 시간이 지나면서 차츰 업무에서 인정을 받아 승차권 관리도 하게 됐다. 첫 사업 실패는 인간관계를 든든하게 다지지 못했고, 미원의 회사 역량을 본인 역량으로 착각한 데에서 비롯됐다고 생각했다. 그럼에도 불구하고 사업 실패로 어려웠을 때 여러 사람들의 도움을 많이 받은 것은 고마운 일이라 생각했다. 그렇기에 두 번째 회사에서는 되도록 사람을 챙기는데 주력하려고 했다.

이병철 회장 역시 사람 쓰는 일의 중요성에 대해서 다음과 같이 말한 바 있다.

"내 생애의 80%는 사람을 뽑고 관리하는 데 보냈다. 1년의

계(計)는 곡물을 심는 데 있고, 10년의 계는 나무를 심는 데 있으며, 100년의 계는 사람을 심는 데 있다."

물론 당시 나는 사업가가 아니라 일개 직원이었기 때문에, 누구를 고용하는지 선택할 권한도 없었고 누군가에게 새로운 기회를 주는 것도 한계는 있었다. 하지만 주어진 권한 내에서라도 사람을 챙기고, 괜찮다고 평가한 사람에게 되도록 새로운 기회를 주는 일을 꾸준히 하려고 노력했다. 그 결과 내가 챙긴 그 사람들이 역으로 나를 잘 받쳐줘서 함께 성장하는 일이 많았다. 사업 실패로부터 받은 교훈을 새로운 회사생활에 적용하여 더 탄탄한 성과를 내게 됐다.

더구나 스스로 불의를 참지 못하는 성향이 있다 보니, 미원에서도 했었던 노동조합 활동을 서울종합터미널에선 더욱 열심히 하게 됐다. 그렇게 해서 10여 년이 흐른 2005년 5월, 한국노총 산하 센트럴시티연합노동조합 위원장에 취임했다. 2006년 4월에는 한국노총위원장 표창을 받았다.

노조위원장으로서 5선을 했고, 무려 12년 4개월 동안 센트럴시티연합노동조합 위원장으로서 활동했다. 그 후 신세계센트럴시티와의 인연을 바탕으로 다시 엉겁결에 사업가, 즉 사용자의 길로 들어서게 됐으니 신세계센트럴시티와의 인연도 보통의 인연은 아니었다.

5선 노조위원장을 하다

─────── 미원그룹을 그만두고 사업 실패를 거쳐서 신세계센트럴시티에서 일하게 되면서, 사람들과의 관계를 두루 챙겨야겠다고 생각하게 됐다. 회사 일도 열심히 해야 했지만 그것 못지 않게 인간관계를 챙기는 것이 중요하다고 생각했다. 더구나 노동조합 활동을 하면서 연합노동조합위원장 선거를 5번이나 치르다 보니 그 기간 동안 인간관계가 폭넓게 확장되었다. 한국노총 내부에서는 서울노총 간사, 자동차연맹 간사 등을 역임했다. 그리고 노동조합 활동 와중에 시민사회단체들과도 좋은 관계를 유지하게 되니 참여연대에서는 정치 분야 간사를 오래도록 맡기도 했다.

참여연대와의 관계는 다소 독특했다. 참여연대가 신세계센트럴시티를 향해 모종의 문제 제기를 하면서 소송을 건 적이 있다. 그 과정에서 참여연대의 활동을 인상적으로 느꼈고, 역설적으로 그 일을 계기로 참여연대에 월 1만 5천 원의 후원금을 5년 넘게 냈다. 신세계센트럴시티 사측에서는 내가 참여연대에 일종의 기부를 하고 있다는 것을 알고 나서 다소 언짢은 반응을 보인 적도 있다. 인간관계를 두루 넓힌다는 것은 이처럼 매순간 '좋은 게 좋은 것'을 추구하는 것이 아니라 약간의 긴장관계를 감내하는 일이기도 했다.

'5선 노조위원장'이란 경험은 매우 희소하고 특별한 일이라 생각한다. 12년 넘는 노동조합위원장 생활을 돌이켜보면, 직원들의 복지를 사측에 맞서 개선한다는 것이 사실은 쉽지 않은 일이었다. 하지만 나는 회사에 무조건 각을 세우지는 않으려고 노력했다. 노동조합을 '불의를 참지 않고, 사람을 챙겨야 한다'는 소박하고 실용적인 마음으로 시작했지 이념적인 활동으로 행한 것은 아니었기 때문이다. 회사가 있어야 직원이 있고, 회사가 잘 되어야 직원을 챙길 여력도 생기는 것이다. 원만한 노사 관계를 위해서는 회사도 도와줘야 하지만 노동조합도 상생 소통을 해야 할 필요가 있었다. 그런 관점을 가지고, 좀 더 전투적이고 대립적인 노동조합보다는 우리와 소통하는 것이 더 쉬울 것이라는 메시지를 사측에 끊임없이 전달했다.

하지만 사측이 그러한 상생 소통에 언제나 협조적이진 않았다. 상대방을 전투성이 떨어지는 노동조합이라 생각하면 요구 조건을 수용하는 데 미온적인 경향도 분명히 있었다. 그럴 때엔 어쩔 수 없이 또 긴장 관계를 조성해야 했다. 노동조합이 협조적인 만큼 사측도 협조적이 되면 참 좋을 텐데, 세상이 그렇게 이상적으로만 움직이지는 않았다. 그래도 내 방식을 포기하지 않았고, 신노사문화 공부도 많이 하면서 적용해보려고 노력했다. 사측의 작은 배려도 노동자에게는 큰 동기 부여가 되니 아주 작은 사안부터라도 양보해달라고 했다. 그렇게 조금씩 노동 조건과 사내 문화를 개선해나갔다.

CEO가 되다

미래의 노사 관계와 사회적 협력에 대해 고민했지만, 갑자기 나 자신이 CEO의 길로 들어서게 될 줄은 상상조차 하지 못했다. 회사 대표, 즉 '사용자'의 입장이 된 것도 뜻밖의 전개 끝에 이루어진 일이었다.

임기 3년의 노조위원장 5선에 성공하고 4개월 밖에 지나지 않았을 텐데, 터미널 주차 시설을 관리하는 세 개의 계열사가 합병되더니 TPF솔루션이라는 새로운 회사가 출범했다. 그 회사에서 대표를 맡아달라는 제의가 왔을 때는 뜬금없다고 생각했고 처음에는 거절하려고 했다. 당시 정년이 몇 년 안 남았기에, 은퇴 이후엔 좀더 본격적으로 지역사회에서 봉사활동을 더 하고 싶다는 생각을 했던 것이다.

그런데 당시 한국 사회 전반에 '갑질' 문제가 이슈가 됐고,

마침 신세계센트럴시티 내부에서도 비슷한 논란이 발생했다. 그 갑질의 피해자는 우리 조합원이기 때문에 나 역시 적극적으로 문제 제기를 했고, 문제 해결을 위해 노력했다. 그런 일들이 생기다보니 마침 새로 만들어진 회사의 대표자도 외부 영입 인사로 가기보다 차라리 내부 노동자 출신, 그것도 노동조합 출신으로서 사측과 교섭을 오랫동안 잘해온 사람에게 맡겨보자는 분위기가 조성됐던 것 같다. 이런 과정을 거쳐 노조위원장이 갑자기 CEO가 되다니, 인생이란 참으로 알 수 없는 것이다.

아마도 사측으로부터 노조위원장으로서 갈고닦은 정치력, 포용력, 화합력, 친화력을 나름대로 높게 평가받은 것 같다. 그래서 결국엔 '이것도 봉사이겠거니' 라고 생각하면서, 지역사회 활동과 병행하는 새로운 헌신을 하자는 생각으로 수락하게 됐다. 2017년 9월에 취임했으니 ㈜TPF솔루션 대표이사가 된지만 6년이 됐다. 언제까지 할 수 있을지는 잘 모르지만, 여건이 닿는 데까지 노력하다가 미련없이 떠나고 싶다.

돌이켜보면 노동조합 활동을 하면서 틈틈이 공부했던 신노사문화나, 그 세계관이 맞닿아 있었던 1990년대 후반의 '제3의 길' 조류나, 그 조류에 영향을 받아서 만들어진 2000년대 초 노무현 대통령의 비전은 대동소이한 것이었다. 과거 이념에 얽매이지 말고, 강자와 약자, 혹은 가해자와 피해자의 구도를 벗어나서 사고하자는 것이었다.

노무현 대통령이 당시 제시했던 비전을 살펴보면 '신사고' 와 '신주류' 를 강조했다. 여기서 신사고란 좌우에 구애받지 말고 미래로 향하자는 것이었고, 신주류란 산업화와 민주화의 이항 대립을 넘어서는 미래 지식사회를 주도하는 세력을 형성하자는 것이었다. 오늘날의 말로 하면 4차 산업혁명을 선도하는 세력이란 의미까지 포함한다.

당시 노무현 대통령이 제시했던 비전을 살피면, 이제 우리들은 노동계급이라는 규정에도 더 이상 얽매이지 말고, 자라나는 미래 세대를 '학습 시민(스스로 학습하는 능력을 통해 빠르게 변화하는 사회 환경에 적응해 나가는 시민)' 으로 형성하고 그들이 세계 시민이 되어 새로운 세상을 이끌어가도록 해야 한다는 진취적인 예상을 포함하고 있었다. 그러한 미래 예측 및 진단을 토대로, 정치 영역에서는 깨끗한 정치와 저비용정치를 실현하고, 경제 영역에서는 세계 4강 경제를 지향하고자 했다. 또한 사회적으로는 생산적 복지사회 및 열린 시민사회를 구현하여, 문화적으로는 역동적인 신문화를 창조하고자 했다. 그리하여 끝내는 동북아 시대를 선도하는 글로벌리더십 국가를 건설하자는 큰 뜻을 품고 있었다.

매순간 이러한 큰 뜻을 염두에 두고 실천하려고 한 것은 아니었지만, 노조위원장을 할 때든 CEO를 할 때도 저 신노사문화에 관한 것을 공부하면서 그러한 총의에 부합하는 일을 하기 위해 노력했다. 나는 노사 관계에 대해 깊이 공부했지 정치에 대해 깊이 탐구한 적은 없었다. 하지만 이러한 탐구의 과정에서, 변화된 세상에서 어떠한 리더십과 파트너십이 필요한지에 대해 자연스럽게 습득하게 되었다.

동반자적 노사 관계가 필요한 이유

노측과 사측이 과거의 대립적인 관계를 지양하고 동반자가 되어야 하는 이유를 명확하게 설명한 것에 대해선, 내가 아는 한 토니 블레어 영국 총리가 1999년 5월 24일에 행한 〈진보를 위한 동반자 대회 연설문(Speech to the Partners for Progress Conference)〉만한 것이 없다. 이 연설문에서 토니 블레어 총리는 변화한 현대 사회의 조건에 대해서 다음과 같이 선언하면서 사회적 파트너십, 사회적 협력이 필요한 이유를 설득력 있게 설명한다. 나는 아직도 시간이 날 때마다 이 연설문을 숙독하면서 종종 새로운 통찰을 얻고는 한다.

(중략)

(1) 우리는 세계 경제 속에서 살고 있다. 세계 경제에서는 재정을 무책임하게 관리하는 정부는 즉각 시장의 처벌을 받게 된

다. (2) 노동과 생산 현장을 변혁하는 기술 혁명이 일어나고 있다. (3) 소비자의 기호가 다양해지면서 고도의 품질과 서비스를 강력하게 요구하고 또 기대하게 되었다. (4) 현대 선진국의 미래는 지식 정보 경제에 달려 있다.

이제 대량 생산 시대는 끝났습니다. 독자적인 거시경제학은 한물갔습니다. 먹고살기 위해서만 직업을 갖던 시절도 십중팔구 지나갔습니다. 이제 품질이 중요해졌습니다. 기술이 중요합니다. 안전한 재정이 중요합니다. 우리는 급변하는 세계 경제 속에서 경쟁하고 있습니다.

그래서 다음과 같은 정책을 추구해야 한다는 결론을 내렸습니다. 즉, 1) 통화와 재정을 엄격하게 관리하고 2) 지식 경제의 성공을 좌우하는 교육과 과학 기술에 투자해야 하며 3) 규제를 철폐하고 4) 노동자의 창의성을 제고하고 생산성과 소득 수준을 향상시킴으로써 기업에 힘을 실어주어야 합니다.

그런 경제에서는 노동자들이 더 이상 생산이라는 톱니바퀴의 단순한 부품에 불과한 것이 아닙니다. 노동자들은 양질의 제품을 확보하는 데 없어서는 안 되는 존재입니다. 오늘날 노동자들은 적응력이 뛰어나야 하고, 교육 수준이 높아야 하며, 기술 변화를 재빨리 소화해야 하고, 변화와 품질 개선에 필요한 결정을 이해할 뿐 아니라 그런 과정에 동참할 수 있어야 합니다.

노동조합과 경영진은 흔히 이익이 상충하는 적대적인 존재라는 '인식'이 오랫동안 널리 퍼져 있었습니다. 제가 굳이 '인식'이라고 말한 이유는 현실은 사뭇 다르기 때문입니다. 사실, 일류 회사와 노동조합은 그들의 공통된 이해관계를 잘 알고 있습니다.

그러나 분명한 것은 '우리'와 '저들'을 편가르는 의식이 20세기 초중반의 정치가 남긴 재앙적인 유산이라는 점입니다. 그런 의식이 1960년대와 1970년대를 휩쓸면서 온 나라의 산업 기반을 거의 파괴하다시피 했습니다. 끊임없는 계급 투쟁, 소원한 경영진, 골칫덩이 노동조합이 등장하는 풍자만화는 비록 풍자이긴 하지만, 불행히도 실제로 있었던 일을 반영한 것입니다. 이 모든 것은 엄청나게 변했습니다. 오늘날 우리 사회에서는 사회적 파트너십이라는 말이 점점 유행이 되어가고 있습니다. 그러나 아직 멀었습니다. 우리는 그런 노사 협력으로 가는 변화를 더욱 장려하고 심화시켜야 합니다. 단순히 과거의 부정적인 요소들이 사라진 것을 기뻐하거나 새로운 협력의 시대가 열릴 수 있는 가능성을 축하하는 것만으로는 부족합니다. 제 말은 파트너십이 단지 노사 분쟁과의 결별을 의미하는 데 그치지 않아야 한다는 얘깁니다.

파트너십은 양질의 재화와 서비스를 생산할 수 있는 현대식 일터를 발전시키는 데 필수적인 요소입니다. 파트너십은 경제적 성공을 추구하는 데서 관건이 되는 부분입니다. 바로 그 때문에 파트너십의 의미를 명확히 밝히고 설명할 필요가 있습니다.

오늘날 경영진과 노동자들은 회사의 성공이라는 공동의 이해관계가 있습니다. 그러기 위해서는 신뢰가 있어야 하고 서로 평등해야 합니다. 위험을 무릅쓰고 서로 변화를 일궈내려는 자발성이 있어야 합니다. 사회적 파트너십은 지식 경제를 확립하는 수단, 고품질의 재화와 서비스를 보증하는 수단, 새로운 기술의 가능성을 이용하는 수단이 되어야 합니다.

그리하여 사회적 협력은 우리 사회의 새로운 문화가 되어야 합니다. 이것이 가능하기 위해서는 미래의 노사 관계에 대한 확고한 전망을 요구합니다. 정부는 정부 나름대로의 역할이 있습니다.

(후략)

토니 블레어 영국 총리의 연설에서 묘사되는 우리 시대 노동자의 조건은 앞서 노무현 대통령이 제시한 비전의 내용에서 나오는 학습 시민과도 잘 연결된다. 나는 노조위원장을 할 때에도 우리 조합원들이 본인의 '인적 자본(인간의 지식, 기술, 경험, 창의성 등의 능력을 경제적으로 가치 있는 자본으로 파악한 개념으로, 천연자원, 기계 등과 같은 '물적 자본物的資本'에 대비되는 개념)'을 높이기 위해 노력해야 한다고 장려하고 배려한 바 있다. 이러한 시선에서 본다면, CEO로서 직원을 대하는 자세 역시 노조위원장으로서 조합원을 대하는 그것과 꼭 배치될 이유는 없다.

CEO의 눈으로 정치를 바라보다

───── CEO로서 활동하고 지역의 경영자 단체에
서도 교류하다보니 새로운 경험을 하게 됐다. 경험해본 바 기
업 경영인들은 정치를 대단히 우습게 여기는 경우가 많다. 이
병철 회장의 3남으로서 그룹을 승계하여 삼성그룹을 중흥시켰
던 이건희 회장 역시 1995년 베이징 특파원들과의 기자간담회
에서 "우리나라의 정치는 4류, 관료와 행정조직은 3류, 기업은
이류다"라고 힐난한 바 있다. 뚜렷한 목표의식을 지니고 성취
를 위해 노력하는 기업인들의 입장에서 정치의 문법을 이해하
기는 쉽지 않을 것이다.

내 경우는 CEO 생활을 하면서 기업 경영인의 눈도 일부 가지
게 되긴 했지만, 그 이전에는 노동조합위원장 생활을 오래했
다. 더구나 광명 지역사회에서 여러 정치권 인사들의 명멸을

지켜본 입장에서 단순히 경영인의 눈으로 정치를 평가하는 것 이상의 생각을 가지게 됐다. 그들의 관점에서도 정치를 바라보게 됐지만, 또 다른 관점에서 기업 활동과 정치의 차이를 생각해보게 됐다. 정치를 우습게 여기는 경영인 출신들이 왜 정치권에 입문해서 고전하는지를 다음과 같이 이해하게 됐다.

한국에서 정치인은 일종의 직업 정치인 활동으로 양성되는 것이 아니라 흔히 다른 외부 영역에서 성공한 인사들이 영입되곤 한다. 그들은 보통 본인이 지역사회에서 정치 활동을 열심히 하면서 흐름을 읽거나, 흐름을 만들어낸 사람이 아니다. 오히려 우리 사회와 유권자들이 본인과 같은 정치인을 원했을 때 그 흐름을 타고 의원 배지를 단 이들이다.

그런데 유권자들의 여론의 흐름은 변화무쌍하다. 유권자들이 정치인에게 요구하는 바도 매순간 달라진다. 노무현 대통령처럼 기득권세력에게 직설적으로 들이받는 사람을 원했다가, 이명박 대통령처럼 기업인 출신이면서 본인들의 자산 가격을 상승시켜줄 것 같은 사람을 원한다. 박정희 대통령 향수에 빠져 그 딸인 박근혜를 대통령으로 만드는 것도 우리 유권자들이며, 노무현 대통령이 부당한 죽음을 맞이했다고 느껴서 그 막역한 친구였던 문재인을 대통령으로 만드는 것도 우리 유권자들이다.

그런데 외부에서 막 영입된 정치인들은 이 점을 이해하기 어려워하는 경우가 많다. 그들은 대체로 본인의 영역에서 뛰어난 역량을 보여줬던 이들이다. 그리고 사기업이든, 전문직이든, 시민사회 운동의 영역에서든 역량이 있으면 그 자체로 꾸준하게 비슷한 평가를 받는 경우가 대부분이다.

정치 영역에서처럼 어느 때는 이 역량이 흐름을 타서 높게 평가받다가, 다른 때는 저러한 특성이 흐름을 타서 높게 평가받는 일은 흔하지 않다. 그러니 영입된 정치인들은 본인들을 정치인으로 만들었던 그 흐름이 어느 순간 시류를 지나쳐 버리고 다른 사람들이 환호받는 현실을 겪으면 '이 당은 나와 맞지 않다. 이 당이 나를 배반했다'고 생각하는 것 같다. 그럴 때 묵묵히 버티고 본인의 역할을 하면서 다시 올 흐름을 기다리는 것이 가장 중요한 일인데 말이다.

나 역시 정치적 경험이 풍부하다고는 볼 수 없지만, 지역사회에서 20년 가까이 활동하다보니 이제는 이와 같은 평범한 이치를 약간이나마 터득한 것 같다. 미원그룹의 역량을 나 자신의 것이라고 착각했던 30대 중반 첫 사업 실패의 경험을 곱씹었기 때문인지도 모른다.

(전)더불어민주당 송영길 대표와 함께

광명에서 봉사활동을 실천하다

———————— 광명시에는 '사랑의 짜장차' 라는 유명한 봉사 활동 프로그램이 있다. 2014년부터 시작되었고, 전국을 다니면서 어렵고 소외된 이웃들에게 짜장면을 제공하며 나눔과 사랑을 실천하는 자원봉사 프로그램이다. 남녀노소 누구나 좋아하는 짜장면으로 의미 있는 일을 해보자는 취지로 결성돼, 도움이 필요한 곳이면 활동 지역에 제한 없이 전국 어디든 찾아가고 있다.

어려운 이웃이나 노인들을 가장 먼저 챙기며, 거동하기 어려운 어르신들에게는 직접 짜장면을 가져다준다. 태풍 피해지역, 화재 피해지역처럼 이슈가 있는 현장도 챙긴다. 전국적으로 밥차 봉사는 많지만 짜장차 봉사는 이 프로그램이 유일하다고 한다. 그래서 특허까지 냈다. 코로나로 몇 년간 활동하지 못했지만, 지금까지 누적 수십만 그릇의 짜장면을 제공했다.

이 프로그램의 활동에는 여러 사람들의 헌신이 담겨 있다. 초기에는 '한국SNS연합회'라는 단체가 운영했고, 푸드트럭을 활용한 봉사가 화제가 되자 2호차 트럭은 양기대 당시 광명시장이 지원했다. 이후에는 운영 주체를 '아름다운 동행봉사단'으로 개편했다. 감사하게도 김동연 경기도지사 부부도 이 단체의 자원봉사자로 활동하고 있다.

많이 알려지지 않았지만 이 '사랑의 짜장차'라는 착상을 처음으로 떠올리고 실천하려고 시도한 것은 바로 나였다. 2014년이 아니라 2009년 즈음, 내가 40대 후반일 때 처음으로 시도했다. 2.5톤 트럭을 하나 구매해서 그 안에 주방을 갖추고, 짜장면·떡라면·칼국수·떡국 정도의 메뉴를 갖추고서 두 세 사람을 채용해서 광명시 각 동으로 어려운 사람들을 찾아서 다니자고 했다. 매일 해도 좋고, 재료는 내가 계속 사주겠다고 했다. 조리사 자격증을 따야 하나 고민을 하니 조리사 자격증이 있는 사람이 결합했고, 같이 수산물도 보러 다니면서 아주 흥이 났더랬다. 그런데 트럭도 이미 구매하고 집기를 구매하려는 시점에서 같이 의기투합했던 이들이 갑자기 다른 사정이 생겨서 일을 할 수 없게 되었다. 사람이 모여야 일이 되는데, 함께 하겠다던 사람이 안 된다고 하니 어쩔 수가 없었다. 그래서 섭섭한 걸 억누르고 다음에라도 사정이 되면 같이 하자고 했다. 트럭도 되팔아야만 했다.

이후 몇 년이 지난 뒤 그때 함께 하자고 했던 이들이 다른 사람들과 함께 시작한 것이 지금의 '사랑의 짜장차'다. 이 프로그램의 현재 활동에는 기여한 바가 별로 없지만 그래도 아이디어를 낸 입장에서 이 활동이 계속해서 더 커지는 모습을 보면서 흐뭇했다. 광명시에서 실천하는 대표적인 봉사활동 프로그램이 됐기 때문이다.

봉사활동을 하다 보면 언제나 느끼는 이치인데, 돈은 혼자 낼 수도 있는 것이지만, 그렇다고 일을 혼자 할 수는 없다. 30대 초반부터 지역에서 봉사활동을 하면서 느낀 것은, 단체에서 장을 맡고 아무리 파워있게 리드를 해나간다 하더라도 단체 회원들이 따라주지 않으면 소용이 없다는 것이다.

특히 봉사활동은 후원회원과 자원봉사자를 모집해서 해야 하기 때문에 더더욱이 그렇다. 결국엔 혼자 할 수 없으며, 되도록 많은 사람들의 참여를 이끌어내야 장기적으로 프로젝트가 지속될 수 있다. 위 프로그램의 경우 처음에 내가 기획할 때는 광명시의 각 동을 돌아다니면서 어려운 어르신들에게 식사를 제공해드리는 것 정도를 상상했다. 그런데 지금은 전국을 돌아다니면서 수십만 그릇의 짜장면을 제공하게 됐으니 조그만 씨앗이 큰 나무로 자라나서 크나큰 결실을 맺게 된 셈이다.

업무협약 및 후원 행사

그 외 많은 봉사활동도 주로 경기도 광명시에서 했다. 구로차량기지 광명이전반대 공동대책위원장, 바르게살기운동 광명시협의회장, 광명시 장애인체육회 수석부회장 등이 내가 광명시에서 맡고 있는 직함이다. 지역사회에서 주관하는 일 중 뿌듯한 것은 다문화가정 결혼식 지원이다. 광명시에선 매년 10쌍씩 다문화가정 결혼식을 주선하고 있다. 지역 호남향우회가 지역 다문화센터와 경찰서에서 추천한 10쌍 커플의 결혼식 행사를 주관하고 비용을 부담해주는 방식이다. 이렇게 꾸준히 결혼식 행사를 주관했더니 이제는 신청 단계에선 다른 지역의 신청자들까지 몰려들게 됐다. 어쩔 수 없이 결혼식 지원 자격을 광명시 거주자들로 제한하고 있지만, 다른 지역에서도 이런 행사가 있었으면 좋겠다고 생각한다.

다문화가정 결혼식

어느 해엔 팔순이 되신 지역사회 어르신 80명을 모시고 잔치를 했다. 또 다른 해엔 광명시의 이북5도민 출신 어르신들을 모시고 잔치를 했다. 이처럼 호남향우회가 주관하는 지역 봉사활동이지만 그렇다고 호남 출신들만 챙기는 것이 아니다. 각 지역 출신 어르신들이 팀을 이루어 참가하는 체육대회를 연 적도 있다. 호남향우회가 하는 활동이 지역 출신들을 대변하는 것을 넘어, 전체 지역사회의 행복을 추구하는 길을 내야 한다는 것이 내 신념이다.

주로 어르신들을 대상으로 활동하면서, 잔치나 체육대회만으론 성에 안차서 광명시에서 요양원을 짓기도 했다. 당시 광명시 호남향우회의 수중에는 회비가 10억 원도 채 없었는데, 기부와 봉사를 크게 받아서 총 28억 원을 들인 요양을 지었다. 그 요양원은 지금 지역사회에서 여러 어르신들을 모시고 있으며, 다행히 건물 가격도 예전에 비해서 훨씬 올랐다.

광명시에 건립한 호광요양원

경기도 호남향우회를 하나로 만들다

2021년 1월에는 제12대 경기도호남향우회 총연합회 회장이 됐다. 한 번의 연임을 거쳐서 현재는 13대 총회장 임기가 진행 중이다. 호남향우회 광명시 총연합회 회장이 된 것은 2016년이었다. 30년 동안 지역사회에서 호남향우회 활동과 함께 나눔과 봉사를 실천한 것이 차츰 결실을 맺는 풍경을 흐뭇하게 지켜보게 됐다.

그간의 활동은 호남향우회를 지역을 위한 봉사단체로 재편해온 것이라고 요약해도 무방할 것이다. 광명시에 이사 와서 처음 호남향우회에 활동하기 시작할 때엔, 고향을 떠나서 타향에서 어렵게 사는 이들끼리 하나된 모습을 찾아보자고 생각했다. 그렇게 종종 모여 막걸리 한 잔 마시면서 친목을 도모하다 보니 단순히 모이기만 할 게 아니라 지역사회에서 봉사할 일을 찾아보자고 생각했다. 특히 지역사회 어르신들을 위한 돌봄활동이 관심사였다. 고향사랑, 향인사랑의 정신을 발전시켜서 나라사랑으로까지 이어지는 봉사활동을 하고자 했다.

과거에는 지역사회에 호남향우회가 통합되어 존재하는 것이 아니라 여러 단체가 난립했다고 한다. 다행히 내가 활동하던 시기부터는 하나로 묶이게 됐다. 그 후에도 회장을 정할 때 경선을 하게 되면 경쟁이 심해지고 앙금이 남는 경우가 적지 않았다.

호남향우회를 지역사회 봉사를 위한 조직으로 재편하고 싶었던 나는 '하나된 호남향우회'를 지향하고자 했다. 봉사와 기부를 위한 호남향우회가 된다면, 모두가 힘을 합쳐 하나가 되어야 더 큰 힘을 발휘할 수 있을 터였다.

이제 호남향우회는 말 그대로 고향사랑, 향인사랑부터 시작해서 나라사랑으로까지 이어지는 봉사활동 조직이 됐다. 나는 호남향우회 광명시 총연합회 회장도 추대를 통해 됐고, 제12대·13대 경기도 호남향우회 총연합회 회장 역시 추대의 형식을 거쳐서 됐다. 광명에서도 경기도총연합회에서도 내가 재임하기 이전에는 경선을 통해 선출되던 것을, 봉사와 기부를 하는 이들이 돌아가면서 하는 문화를 만들자는 취지를 실천하여 추대의 문화로 바꾸어냈다.

가족이 있고 가정이 있는 처지에서, 지역사회 봉사활동을 하는 과정에는 애로사항도 많았다. 사람들의 활동을 이끌어내면서 함께 책임 완수를 하려면 솔선수범이 필수였다. 만나는 사람도 많았고, 밥이나 술을 사는 경우도 흔했으며, 경조사 비용과 명절 선물 등의 지출도 만만치 않았다.

집안 형편이 어려울 때부터 봉사를 시작했기 때문에 특히 자녀들은 활동 자체를 좋아하기가 어려웠다. 아버지가 지나치게 일정이 많고 가정을 제대로 돌보지도 않는데, 그게 돈을 벌어오는 일도 아니었고 쓰고 다니는 일이었기 때문이다. 그래도 봉사에 남다르게 매달리는 나를 아내가 존중해줬기 때문에 여기까지 올 수 있었다. 그 점에 대해선 감사하고 미안한 마음이 너무나 크다.

호텔 조리사로 일하면서 오랫동안 고생했던 아내는 집안 형편이 조금 나아지면서 2009년에는 본인이 운영하는 조그만 음식점을 차리게 됐다. 여전히 고생을 시키고 있지만 그래도 예전에 비해선 다소 마음이 가벼워졌다. 장성한 자녀들 역시 다행히도 이제는 아버지의 활동을 존중해주게 됐다.

경기도 호남향우회의 고향 사랑은 굉장하고 대단하다. 대부분의 봉사활동은 경기도에서 이루어지지만, 그래서 종종 고향에 내려가서도 한다. 경기도 호남향우들과 광주로 내려가서 어르신들을 위한 경로잔치를 여러 번 열었다. 특히 어버이날에 벌인 경로잔치에 어르신들이 감격하던 모습이 기억에 오래 남는다.

요즘은 봉사활동의 외연을 넓히자는 생각도 하게 됐다. 호남향우회는 지역사회를 떠나서 고향을 그리워하는 이들이다. 그 구성원들은 주로 청년층보다는 중장년세대, 혹은 노년세대이기 때문에 경로사상이 몸에 베어 있는 것이 보통이다. 그렇기에 그동안에는 호남향우회가 지역봉사를 할 경우 주로 지역 사회에서 어르신들을 대상으로 하는 봉사활동을 하는 것이 매우 자연스러웠다. 하지만 저출생 고령화 문제가 심화되는 사회 현실에선, 어르신들을 봉양하는 것도 중요하지만 태어나는 아이들을 환대하는 것 역시 그에 못지않게 중요해졌다고 생각한다.

최근 우리가 광명시에서 다문화가정 결혼식을 지원해온 것도 외연을 확장하는 하나의 방식이다. 차후에는 한부모 가정이나 조부모 가정의 아이들을 돌보는 봉사를 어떻게 할 것인가와 같은 문제도 더 고민하고 실천하고자 한다.

그래도 나 자신은 아직까지는 어르신들을 위해 하는 봉사가 제일 정겹고 보람도 많이 느껴진다. 나에겐 아직 못 이룬 꿈이 있다. 이제 경기도와 호남을 넘어서, 전국의 어르신들을 위한 끼니 봉사를 하고 다니는 것이다. '사랑의 짜장차'가 이미 어느 정도 그런 역할을 하고 있지만, 나는 옛날 어린 시절을 추억하며 좀 더 전통적인 방식으로 해보고 싶다.

전국 100대 전통식당을 돌아다니면서, 그 지역 어르신들 100분을 초청하여 밥 한끼씩 드리는 일을 해보고 싶다. 전국 100대 전통식당의 목록을 보면 호남이 제일 많기는 하지만 영남이나 강원도 등 다른 모든 지역에 분포하고 있다.

옛날 어린 시절 경험했던 마을 잔치처럼, 그렇게 각 지역 어르신들을 모셔놓고 잔치를 벌이고 싶다. 이 활동을 그간의 내 봉사활동을 인내해준 집사람과 함께 전국을 여행 다니듯이 하

면 얼마나 좋을까 하고 생각한다. 그런데 아내가 그런 여행을
좋아할는지에 대해선 미처 아직 물어보지 못했다.

행복한 동행 팔순 잔치

미국 대통령 봉사상을 수상하다

─────── 2016년 가을, 다른 수많은 국민들과 마찬가지로 박근혜 정부의 '최순실 게이트 국정농단 사태'에 분개하여 촛불집회에 나섰다. 적지 않은 나이에 50여 일이 넘는 날 동안 길바닥에서 청년들과 함께 대통령 탄핵을 외쳤다. 박근혜 대통령은 그렇게 이어진 시민들의 촛불시위의 요구를 받아 안은 국회와 헌법재판소의 결정에 의해 탄핵됐으며, 민주정부 3기인 문재인 정부가 새로운 대통령 선거를 통해 출범했다.

문재인 대통령 임기 동안 가슴이 뭉클한 순간이 많았다. 특히 5월에 실시된 벚꽃 대선 직후 곧바로 5·18 광주민주화 운동 기념식에 문재인 대통령께서 참석하여 '임을 위한 행진곡'을 1만여 명이 제창하는 광경을 만들어 냈던 것이 기억에 남는다. 이명박 정부 시절인 2009년 '임을 위한 행진곡'에 대해 '합창은 되지만 제창은 안 된다'는 식의 민망한 논란을 만들어낸 이후 2016년에 이르기까지 무려 8년 동안 '임을 위한 행진곡'은 행사의 주변부로 밀려나 있었다. 문재인 정부가 다시 '임을 위한 행진곡'을 제창하면서 그 노래는 9년 만에 행사의 중심으로 돌아오게 됐고 윤석열 정부조차 이 결정은 훼손하지 않고 있다. 한 명의 호남 사람, 광주 사람으로서 이 점은 천만다행이라고 생각한다.

2023 미국 대통령 봉사상 금상 시상식

하지만 아쉬운 순간도 많았다. 2018년 4·17 판문점선언으로 큰 기대를 모았던 남북 해빙 모드가 2019년 북미 하노이 정상회담의 협상 결렬 이후 반전되고 다시 한반도를 둘러싼 국제정치 지형이 구냉전의 질서로 회귀해버린 것이 특히 아쉬웠다. 임기 중반 이후 부동산 문제로 민심이 이반하는 것은 지역사회에서도 느껴졌다. 너무나도 안타까웠다.

2023년 6월, 나는 한미동맹 70주년을 기념하는 미국 대통령 봉사상 시상식에서 봉사 부문 금상을 수상하는 영예를 안았다. 바이든 대통령이 수여하는 상을 받게 됐다. 과거 호남 사람들은 차별의 대상이 됐고, 김대중을 지지한다는 이유로 흔히 '빨갱이'라 불렸으며, 어떤 이들로부터는 제대로 된 국민 대접도 받지 못했다.

2022년 대선의 패배 이후 윤석열 대통령의 통치를 보자면 대한민국이 갈 길은 아직도 멀었다고 생각할 수 있다. 하지만 우리 대한민국은 계속해서 전진해왔으며, 우리 호남 출신들 역시 대한민국 국민으로서의 자부심을 가지고 나라를 사랑하며 나라 발전에 매진해왔다.

경기도 호남향우회는 지역 사회에서 차별 없는 봉사정신으로 호남 출신들이 한국 사회에 기여해왔음을 증명했다. 미국 바이든 대통령이 내게 수여한 상은 그 점을 입증하는 것으로, 나 개인이 수상한 상은 아닐 것이다. 나는 오늘도 지역 사회에서의 봉사, 내가 속한 단체에서의 화합과 소통을 꿈꾸며 고향 사랑이 나라 사랑이 되는 길을 찾아나가고 있다.

호남인들의 삶을
돌아보며
균형발전을 고민하다

조귀동 작가는 2021년 작 《전라디언의 굴레》에서 "불과 2~3년 전만 해도 호남에 진입했다는 걸 알게 해주는 신호는 코에서부터 왔다"고 적었다. 천안고속도로를 빠져나와 논산을 거쳐 익산에 들어서면서부터 코를 찌르는 닭똥 냄새가 느껴졌다는 것이다.

조귀동 작가는 2000년대 이후 인터넷상에서 유행한 호남인들을 향한 혐오표현을 과감하게 책 제목으로 채택했으나, 본작의 목표는 호남차별의 문제를 다시금 정면으로 지적하는 것이었다. 전라북도는 전국 시도 가운데 닭 사육두수가 가장 많지만(전국 개체 수의 19.5%), 치킨 소비 자체는 대부분 수도권에서 이루어진다. 최근 몇 년간 환경 규제를 통해 닭똥 냄새는 거의 사라졌지만, 전주 이남으로 갈 때는 2~3차선으로 줄어드는 허

술한 고속도로의 풍경이 호남을 지나치고 있음을 실감하게 한다고 한다. 이처럼 제조업보다는 농축수산업 등 1차 산업 중심으로 낙후된 곳이 호남이었다.

앞서 나도 '강남고속터미널 호남선'이 과거에 어떤 모습이었다가 지금의 발전된 모습으로 바뀌었는지를 썼지만, 오랫동안 도로와 철도는 호남의 낙후성과 소외를 그대로 보여주는 상징적인 모습이었다. 1980년대 후반 경부선이 하루 112대 운행될 때에 호남은 고작 28대 정도가 운행됐다.

사라지지 않은 호남차별 문제

———— 호남차별의 문제는 요즘 청년세대에겐 상당히 옛날 얘기로 느껴질지도 모르지만 본격적으로 사회문제로 제기된 지도 얼마 되지 않았다. 그전에는 언론과 담론에서 문제시될 만한 현상으로 여겨지지도 못했다는 것이다. 강준만 전북대 명예교수의 1995년 작인 《전라도 죽이기》에서 거의 처음으로 지적됐다. 이 책에서는 1990년대 초반의 경기도 어느 시청 사례가 나온다.

"본청 직원이 230명쯤 됐습니다. 그중 전라도 출신은 계장급이 3명, 과장은 한 명도 없고 평직원도 몇 명에 불과할 뿐 운전기사, 청소차 미화요원, 무허가 단속반 등 거칠고 홀대받는 직종에서 전라도 출신이 좀 많이 눈에 띄었습니다. 3명의 계장마저도 늘 소외된 한직에서만 배회하므로 왠지 주눅 들린 사람처럼 말없이 오갈 뿐 직원들에게 큰소리 한 번 치지 못합니다."

수도권의 지방직 공무원 사회에서도 이럴 정도였으니 재무부, 검찰, 법원 등 고급 공무원 사회의 상황은 더 말할 필요도 없었다. 관계, 법조계, 기업계를 망라한 엘리트 사회 전반에서 호남 출신에 대한 배제가 이루어졌다.

강준만 교수가 1995년 작에 펴낸 또다른 책인《김대중 죽이기》에서 정리한 바에 따르면, 5공 전두환 정권 시절 등용된 차관급 이상의 고위 관료 중에서 영남 출신이 43.6%인데, 호남 출신은 9.6%였다. 6공 노태우 정권 시절에는 장관 비율이 37.5% 대 8.3%였고 청와대 수석급 이상이 44% 대 6%였다. 그나마 상층은 안배를 좀 해서 이렇게 된 것이고 조금 더 아래로 내려가면 TK(대구·경북) 독식과 호남 배제는 훨씬 더 심각했다.

김영삼 정부 시절에는 TK 출신이 퇴조하고 PK(부산·울산·경남) 출신이 강세를 보였을 뿐 영남 편중은 외려 심해졌다. 가령 1994년 12월에 단행된 개각의 인사에서 국무위원급과 차관급 48명 가운데 호남 출신은 장관 1명, 차관 2명으로 단 3명이었다. 언론이 호남 출신 장관은 1명이라고 보도하자 청와대는 1명이 아니라 3명이라고, 어린 시절 잠시 호남에 산 이와 남편의 고향이 호남인 사람까지 포함해서 호남 출신은 3명이라고 정 보도를 요구했다고 한다. 그래도 군사정권들은 적어도 국무 위원 인사에서는 호남인을 약 10%의 비율로 유지하고 호남 출 신 국무총리를 내세우는 정도의 신경은 썼는데, 선거로 선출된 김영삼 정부가 이 문제에 더 무심했던 셈이다.

호남 배제는 중앙 권력이나 엘리트층에서만 이루어진 것이 아니었으며, 문화적 차별을 동반했다. 그 차별은 아주 최근까 지도 생생하게 이어졌다.

1976년생으로 호남과 서울을 오가며 유년과 청소년기를 보 낸 오윤 작가는 《내 아버지로부터의 전라도》라는 책에서 아버 지와 본인이 2세대에 걸쳐 겪은 호남차별의 양상을 증언한다. 그가 초등학교 2학년 때 서울에서 전라도 목포로 내려가게 된 계기는 호남 출신 아버지의 좌천이었다. 오 씨의 부친은 3년 뒤 아들에게 차별을 물려주지 않으려는 생각으로 오윤 작가를 서 울로 올려 보내지만, 호남에서의 근무가 길어지면서 다시 광주 로 불러들인다. 아들이 고등학교에 진학할 때가 되자 서울로 되돌려 보내면서 아버지가 한 일은 아들의 본적을 서울로 바꾸 는 것이었다. 하지만 오윤 작가는 서울에서 "너 전라도에서 왔다며? 너도 빨갱이지?"라는 말을 듣거나, 기숙사 룸메이트가 가족에게 "룸메이트 서울이다. 전라도 새끼랑 같은 방 쓰면 재수 없을 뻔했는데 다행이다"라고 말하는 것을 들어야만 했다.

중앙 권력에서의 노골적인 호남 배제는 1997년의 김대중 정부로 인한 대한민국 최초의 수평적 정권 교체 이후에야 비로소 완화되기 시작했다. 고위 공무원과 공기업 인사에서 호남 출신들에 대한 최소한의 인사 조치가 단행되기 시작했다. 그런데 이렇게 되자 보수 언론은 김대중 정부가 호남 편중 인사를 한다고 보도하기 시작했다. 1998년 당시 김대중 정부의 장·차관 및 1~3급 공무원 가운데 호남 출신 비율은 각각 20%와 23%였다. 지금의 국민의힘에 해당하는 당시의 야당인 한나라당은 "1998년 당시 호남 인구가 11.3%이기 때문에 김대중 정부의 이러한 인사가 명백한 호남 편중 인사"라고 주장했다.

하지만 이는 호남 출신의 숫자를 현재의 기준으로 적게 잡은 데서 나온 착시 현상이다. 사람들은 현재의 지역별 인구 비중으로만 호남을 파악한다. 그렇게 될 경우 도식적으로 단순화하면 수도권 인구가 50%, PK(부산·울산·경남) 인구가 15%, TK(대구·경북) 인구가 10%, 충청과 호남의 인구도 각각 10%, 마지막으로 강원과 제주의 인구를 합하면 5%의 구도가 된다. 영남권의 인구를 모두 합하면 25%에 달하지만, TK(대구·경북)만 떼어놓고 생각하면 TK(대구·경북), 충청, 호남의 인구가 거의 비슷하다.

출처: KBC 휴먼토크 호남 호남인

고향을 떠나야만 했던
수많은 호남인들

―――――― 우리 경기도 호남향우회에선 1,400여
만 경기도 인구 중에 호남향우회 가족을 450만 정도로 추산한
다. 이렇게 얘기하면 호남향우회 바깥 사람들은 '뭐가 그렇게
많아요?' 라면서 깜짝 놀란다. 수도권 인구의 비중이 절반이 된
건 1960년대 이후 급속한 산업화 이후의 일이다.

해방 직후 대한민국 인구의 대다수는 영·호남에 거주하고
있었다. 전체 인구의 60% 정도가 영·호남에 거주하고 있었으
며, 영남과 호남의 인구는 엇비슷했을 것으로 추정된다. 말하
자면 원래는 영남에 30%, 호남에 30% 정도가 거주했던 것이
다. 그래서 1998년의 강준만 교수는 주소등록지가 아니라 고향
을 가지고 판별하는 한국의 지역 문화에서 '호남 출신'은
11.3%(1998년 기준)이나 10%(현재 기준)가 아니라 30%로 추정해서

계산해야 정확하다고 주장했다. 이 기준으로 본다면 당시 김대중 정부의 인사는 호남 편중 인사가 아니라 수십 년간 만연했던 호남 배제를 탈피하기 시작한 인사 조치라고 봐야 정확한 것이었다.

그러니 영남 지역에 거주하는 이들은 호남 지역 거주민의 2.5배에 달하지만, 영남 출신과 호남 출신으로 따지자면 숫자가 엇비슷해진다고 볼 수 있다. 영남의 인구 비중 변동과 비교해 본다면, 그만큼 많은 호남인이 고향을 떠나서 살아야 했던 것이다. 1,400여만 경기도 인구 중에 호남 출신이 450만 정도라면, 서울에도 얼추 비슷한 숫자의 호남 출신이 있을 것이다.

그리고 서울과 경기도 이외 지역의 도시로 향한 호남인도 꽤 많다. 인구이동통계가 작성되기 시작한 1970년 당시 호남 사람들이 이동한 곳을 살피면 서울(61.2%)이 압도적이고, 경기도(16.6%)가 그 뒤를 이었다. 부산(11.1%), 경남(3.5%), 경북(3.0%)으로 이동한 사람들의 수도 적지 않았다. 호남 사람들은 일자리를 찾아 동남 해안 공업 지대로도 많이 향했다는 사실을 알 수 있다.

물론 산업화 과정에서의 이촌향도 현상은 호남에만 국한된 것이 아니었다. 가령 서울시가 1965~1970년 전입자 출신지를 분류했을 때 호남이 25.5%로 가장 많았지만 충청도 23.5%나 됐다. 오늘날에도 가령 경기도 광명시에 위치한 기아자동차 소하리 공장의 내부 구성원을 살펴보면 호남 출신, 영남 출신, 충청 출신이 골고루 있으며 끼리끼리 모이기도 한다. 그만큼 농촌 지역에서 수많은 사람들이 떠나서 공단이 있는 도시를 향해 왔다고 할 수 있다.

사실 영남에서도 꽤 많은 사람이 고향을 떠났다. 그런데도 영남의 인구 유출은 상대적으로 크지 않았던 이유는, 영남의 농촌을 떠난 이가 영남의 공단에 가게 되는 경우도 제법 있었기 때문이다. 특히 PK(부산·울산·경남) 지방에는 대규모 공단이 들어섰기 때문에 외지인까지 유입됐다. 앞서 살펴보았듯이 호남 사람들 중 일부는 PK(부산·울산·경남) 지방으로도 유입됐다. 그래서 오늘날 마산과 같은 지역에 가서 사투리를 들어보면 전형적인 동남 방언만 들리는 게 아니라 종종 호남 사투리가 섞여 있는 말이 들리는 것을 알 수 있다.

또한 수도권에는 그보다 훨씬 더 많은 호남인이 유입됐기 때문에, 오늘날 서울말은 해방 직후의 서울말에 비하면 호남 사투리가 다소 섞여서 영향을 준 것이라고 한다. 우리 호남인들은 정작 수도권에 와서는 대부분 사투리의 흔적을 지우려고 노력했는데, 그럼에도 불구하고 수많은 호남인이 상경했기 때문에 '서울말'이 다소 변하게 됐다고 하니 참으로 역설적이면서도 흥미로운 일이다.

호남인은 이렇게 숫자가 많지만 전국적으로 퍼져서 살고 있기 때문에 직접적으로 드러나지 않게 영향력을 발휘한다. 총선을 보면 지역구 숫자가 영남보다 훨씬 적어서 미약한 것 같지만 다른 각 지역에서 영향력을 발휘하고, 대선 국면에 진입하면 영남인과 거의 동등한 결집력이 있다. 이처럼 분명히 호남 출신의 영향력을 어딘가에선 발휘하고 있다. 하지만 한편으로 실생활의 영역에서 보자면 사투리도 대부분 고치고 굳이 호남 출신이란 걸 강조하지 않으니 잘 눈에 띄지 않는다.

대한민국의 산업화의 역사를 하나의 상징으로 정의한다면 '경부선'의 역사일 것이다. 서울과 부산을 연결하는 그 선이 산업화의 중심이었다. 그래서 대한민국 산업화의 역사는 그 이면을 살펴보자면 '호남 해체'와 '호남 차별'의 역사이기도 했다. 우리 세대에 무수히 많았던 고향을 떠난 호남인이 그 산업화의 이면이었다.

물론 당시 한국에는 선택지가 넓지 않았고, 경부선을 축으로 한 산업화라는 그 선택은 놀라운 성과를 거두었다. 우리의 초기 산업화의 방법이란 것이 일본의 자본과 기술을 수입하여 공업상품을 만들어, 미국 시장을 수출로 공략하는 것이었기 때문이다. 이것은 미국과 일본의 이해관계를 반영하는 것이기도 했다.

사회학자 지주형의 2011년 작 《한국 신자유주의의 기원과 형성》의 서술을 빌리자면, 미국은 한국에 대한 원조 액수를 줄이기 위해 한일협정 및 한미일 삼각무역을 추진했다. 일본은 1950년대에 급속한 경제 성장을 이룩했고 산업이 고도화가 됐기 때문에, 노동집약적 경공업을 해외로 이전할 필요가 있었다. 그래서 그들은 한국 정부가 일본 측에서 지불한 배상금을 활용해 생산설비를 확충하고 자유무역의 틀 안에 들어오기를 바랐다. 1965년의 한일 협정 이후, 일본은 그들의 부품과 기술을 제공해 한국의 공장에서 값싼 노동력으로 조립만 하는 주문자 위탁생산(OEM)을 시작했다.

이렇게 한국의 공장에서 만들어져 일본의 상표를 부착한 공산품은 일본 종합상사의 네트워크를 통해 미국 시장에 수출되었다. 한국의 대일 적자와 대미 흑자로 특징지어지는 한미일 삼각 무역의 방식이 이런 것이었다.

대한민국의 동남방에서 출항했던 그 수많은 선박이 지금 우리가 누리는 이 거대한 번영의 원천을 일구어냈다. 1960년대와 1970년대의 수출 효자상품이었던 가발을 대표로 하는 섬유산업과 같은 경공업 산업부터 시작하여 기계 산업을 거쳐 반도체, 자동차, 조선, 철강 등 중화학공업과 첨단산업을 포괄하는 제조업 전반이 발전한 나라가 됐다.

폴란드와 호주에 전차와 자주포를 수출하게 되는 오늘날의 대한민국의 기반이 거기에 있었다. 그 점 역시 인정해야만 한다. 하지만 그 결과 고향을 떠난 호남 출신들이 이렇게 많이 발생했다는 점도 잊어서는 안 된다.

민주화 운동, 86세대, 그리고 호남

산업화 과정을 지켜본 우리 또래의, 그러니까 1960년대까지의 기성세대는 누가 굳이 이러한 사실을 설명해주지 않아도 본능적으로 알고 있었다. 막 고향을 떠난 호남인은 사투리를 아직 완전히 고치지도 못했고, 어딘가 티가 났기 때문이다.

하지만 구시대에 극심하게 존재했던 호남차별 때문에, 그리고 호남 사투리가 영남 사투리보다는 다소 고치기가 쉬웠기 때문에, 나를 포함한 수많은 호남 출신인은 사투리를 고치고 수도권의 지역사회에 금세 녹아들었다. 더구나 그들의 자녀인 호남 출신 2세대들은 외형적으로는 수도권 토박이들과 전혀 차이가 없다.

평소에 우리 부모님은 스스로 호남에서 올라왔다고 티를 내는 것도 아니다. 하지만 그들 역시 부모 세대의 삶을 일정 부분 함께 경험했고 정치적인 사안에 대해서는 대화를 하기도 한다. 물론 정치적 문제에 대해서 자녀 세대가 부모 세대의 의견을 많이 수용하는 것은 아니지만, 그래도 호남차별의 문제에 대해서는 민감하게 반응할 수밖에 없다.

최근에는 인터넷상에서의 호남차별이나 호남 혐오 발언이 주로 문제가 되는데, 이는 물론 그 자체로도 있어서는 안 되는 일이다. 또한 주변에 얼마나 많은 호남 출신이 있는지를 인지하지 못한 행동이란 점에서 상당히 경솔한 일이기도 하다. 호남차별이 전반적으로는 예전에 비해 많이 사라진 세상이라 생각하면서도, 아직까지도 몇 년에 한 번 "호남 출신은 채용하지 않는다"는 어느 자영업자의 발언이 뉴스에 나오는 것을 보면 서글퍼진다. 우리 사회가 과연 얼마나 진전한 것인지, 진전하기는 한 것인지 의구심이 들 수밖에 없기 때문이다.

호남은 오랫동안 민주당의 굳건한 지지 세력으로서 텃밭 역할을 했다. 군사독재 정부 시절 위정자들의 차별과 불평등 정책, 걸출한 지역 출신 정치인이었던 김대중, 그리고 광주민주항쟁 등의 원인으로 국민의힘 계열의 정당이 지지받지 못했다.

민주당은 그러한 호남의 지지를 당연시하는 경향이 있다. 하지만 호남 사람들과 호남 출신들은 그렇게 정치적 선택지를 사실상 뺏긴 상황에 대해서도 모종의 불만을 가지고 있다. 그래서 '국민의힘에 반대하지만 민주당과도 다른 대안'이 실질적으로 제시됐다고 느낄 때마다 정당 지지가 분산되는 바람이 불어오게 되는 경우도 있다. 이는 호남인이 기존의 정치 지형도에 대해서 불만을 가질 수밖에 없는 이유가 있기 때문이다.

나는 호적 기준 1960년생이므로 소위 말하는 '86세대' 중에서 가장 나이가 많은 이들과 동년배에 해당한다. 하지만 나는 이십대에 대학을 가지 않았으며, 1979년에 먼저 취업부터 했기 때문에 '60년대'에 태어나기는 했지만 '80년대 학번'이 되지는 못했다. 민주당에서 활동을 하면서, 나는 수많은 86세대 후배들을 만나게 되었고 그들이 광주와 호남에 대해 가지는 부채감을 익히 경험했다.

86세대란 이름 자체가 1990년대에 보수언론에서 '386세대'라는 명칭으로 처음 붙인 것이었고(30대, 80년대 학번, 60년대 생), 그게 그 세대가 나이를 먹어가면서 '486세대'나 '586세대'라 불리다가 요즘은 대체로 그냥 '86세대'라 불리게 됐다. 하지만 그 전에 오랫동안 그들이 자신들의 세대에 대해 칭해왔던 유력한 명칭 중에 하나는 바로 '광주세대'였다. 1980년에 이미 대학생이었던 이들은 휴교령에 당황하여 급히 광주에 내려가서 학살이 일어난 직후의 상황을 답사했다. 지금은 경기도 경제부지사를 하고 있는 염태영 전 수원시장의 저술을 봐도 서울대학교 농과대학 80학번 신입생이었던 그가 비슷한 이유로 1980년의 광주에 내려왔던 체험이 기록되어 있다.

1980년 이후에 입학한 86세대들은 소설가 황석영 선생이 총대를 메고 출간한 르포인《죽음을 넘어 시대의 어둠을 넘어》를 읽거나, 영화 〈택시운전사〉의 묘사를 통해 젊은 세대들에게도 유명해진 위르겐 힌츠페터가 촬영한 다큐멘터리 영상을 통해 광주의 진실을 접했다.

영화 〈1987〉의 말미에서도 연세대학교 동아리에서 후배 학생들이 선배들이 틀어준 그 다큐멘터리 영상을 보면서 충격을 받는 장면이 도중에 나온다. 그들은 본인들이 알지 못했던 광주의 학살의 진실이 엄습했을 때 그에 몸서리치면서 남들과 다른 인생을 살기로 작정한 이들이다. 그러한 이들의 헌신 탓에 광주 민주화운동은 역사적으로 완전히 복권될 수 있었다. 나는 광주가 고향인 호남인으로서 그들의 활동이 너무나도 고맙고 존경스럽기까지 하다.

좀더 넓은 맥락에서 보자면 한국의 반독재 민주화투쟁 자체가 먼저 죽은 이들에 대한 부채감을 통해 형성되어왔다. 1970년대의 진보적 반독재 민주화투쟁 세력은 1970년 전태일 열사의 죽음에 깊이 자극받아서 활동을 시작한 이들이라고 봐도 과언이 아니다. 전태일 열사가 묻힌 경기도 남양주시 마석 모란공원에는 민주진보 운동을 하다가 세상을 떠난 사람들이 묻히게 된다. 역시 나와 동년배에 해당하는 노회찬 전 정의당 의원 역시 마석 모란공원에 묻혀 있다.

5·18 민주묘지는 마석 모란공원과는 또 다른 상징이다. 이제는 구묘역이라 불리게 된 망월동 묘역엔 영화 〈1987〉에서 그 위르게 히츠페터의 다큐멘터리 영상을 틀어주는 선배로 묘사된 1987년 6월 항쟁을 촉발시킨 이한열 열사가 묻혀 있다. 1997년에 좀더 크게 조성한 신묘역에는 이전에는 망월동 묘역에 묻혀 있었던 광주 민주화운동의 희생자들이 대거 이장되어 있다.

한국의 씨족공동체가 조상 제사를 통해 결속되어 있는 것처럼, 한국의 사회운동 공동체는 이처럼 열사들에 대한 추모를 통해 굳게 결속되어 있다. 어떤 이들은 이런 결속을 미개하다고 규탄한다. 운동권이란 작자들은 마석 모란공원에서 누가 전태일 열사에서 가까운 곳에서 묻히는지를 두고 싸우는 관념적인 사람들이라는 것이다. 상징 정치가 현실을 압도하는 것은 경계해야겠지만, 이러한 평가는 너무 야속하다고 평소 생각해 왔다. 마석 모란공원과 5·18 민주묘지가 가지는 상징성에는 순기능이 더 많다고 생각했다. 그런 공간들이 있기 때문에 민주화운동을 하면서 국가 권력에 피해를 받은 이들도 대한민국에 대한 최소한의 자긍심을 유지할 수 있었다. 결국 그러한 공간들은 한국의 사회 통합에 큰 기여를 했다.

여전히 낙후한 호남은
지역의 발전을 꿈꾼다

———— 이처럼 1980년대 이후 한국 민주화운동을 주도했던 86세대는 1980년 광주의 죽음에 대한 부채감을 가진 사람들이었고, 그들이 여러 일을 성취했다는 사실을 나는 부정하지 않는다. 하지만 그들이 느꼈던 울분은 광주시민, 호남시민의 그것과는 다소 결이 달랐다는 사실도 지적하지 않을 수 없다. 호남인을 둘러싸고 있는 광주의 상징은 과연 위대한 것이고, 계속 계승해야 한다고 나는 생각한다.

하지만 호남인의 삶은 다만 상징만으로는 지탱될 수 없다. 호남에서 살지 않고, 호남인으로서 살지 않으면서도 '광주의 진실'을 위해 연대해온 광주세대는 그 점을 이해하지 못했던 측면이 있다.

말하자면 민주당은 호남인이 마땅히 정치에 바라는 바를 충분히 충족시켜주지 못한 면이 있었다. 모름지기 정치란 내 삶을 개선하고 윤택하게 해주는 것이어야만 한다. 학살의 진실을 밝히는 것도 필요하지만, 그 문제에 대해 역할을 했던 정치세력을 지지하는 것도 필요하지만, 그것만이 전부는 아니다.

호남인은 세월이 지날수록 민주당을 지지함에도 불구하고 호남은 계속해서 낙후한 상태로 남았다는 생각을 하게 됐다. 물론 이러한 느낌이 사실은 아닐 수 있다. 민주당은 호남에 대해 여력과 예산이 허락하는 한에서 할 만큼 한 것일 수도 있다. 하지만 그간 호남에는 민주당을 제외하고는 유의미한 정치적 선택지가 없었다. 호남인은 '다른 정치적 도구'를 사용해본 일이 거의 없다시피 했다. 그렇기에 호남인은 '혹시 민주당과 다른 정당을 함께 정치적 도구로서 경쟁시켰다면 더 좋은 결과가 나오지 않았을까' 라는 생각을 하게 됐다.

광주 사람들의 경우라도 그런 생각을 하게 됐으니, 광주 이외 호남인의 염증은 더 클 것이다. 특히 전북의 경우 예전에는 전남과 다소 다른 문화를 가졌던 지역이다. 전북 지역의 사투리는 충청 사투리에 좀 더 가깝다. 정치 성향의 측면에서 보더라도 1970년대 박정희 정권 시기까지만 해도 김대중보다 훨씬 더 완고한 반공 보수주의자에 가까웠던 이철승을 지지했다. 전북은 지역주의, 호남차별 정치가 심화되면서 원래는 전남과 다소 다른 성향이었던 전북도 전남에 함께 묶여버렸다고 불평하는 심리를 가진 경우가 있다. 그래서 2000년대 초반 열린우리당과 민주당이 분당했을 무렵 등 몇몇 국면에서 전북은 광주·전남과 다소 다른 선택지로 기울기도 했다.

호남지역의 청년세대의 경우 호남인으로서 받았던 피해와 차별의 경험은 상대적으로 줄어든 반면, 낙후지역으로서 받았던 불편과 설움이 더욱 커졌다고 볼 수 있다. 이제는 민주당이 '광주 정신'을 지켰고 저들은 학살 독재정권의 후신에 불과하다는 말로는 충분하지 않다. 광주 정신을 계승하는 것은 그것대로 온전히 하되 정치세력의 기본으로 돌아가 지역민을 위해 무엇을 할 수 있는지를 겸허하게 묻고 실천하기 위해 노력하는 태도를 취해야 한다.

호남은 미래를 향하는
진취적인 대안을 원한다

———— 돌이켜보면 2000년대 초반에는 노무현
정부가 전통적 민주당 지지층을 다소 섭섭하게 했던 일도 있었
다. 임기 초 대북송금 특검을 수용하면서 김대중 정부의 햇볕
정책을 상당히 흔들었던 일, 그리고 전국 정당화를 지향하면서
PK공략에 사활을 거느라 호남 민심에 다소 소홀한 느낌을 주
었던 일을 들 수 있다.

하지만 세월이 지난 이후에 생각해보면 김대중 정부와 노무
현 정부, 그리고 문재인 정부가 민주정부로서 연속성을 지닌다
는 사실은 분명하다. 세 정부는 각각 민주정부를 수립했고, 계
승했고, 발전시킨 공로가 있다고 말할 수 있다. 노무현 정부의
대북송금 특검 수사에서 구속됐던 박지원 전 의원은 문재인 정

부 시절에 국정원장에 임명되어 활동했다. 물론 호남의 어르신들 중에선 여전히 2000년대 초반 열린우리당을 만들겠다는 민주당의 신주류들이 당시 민주당의 구주류였던 동교동계 인사들을 상대로 '정풍운동'을 일으켰던 것을 불편해하는 분들도 있다. '동교동계는 뭘 그렇게 잘못했느냐, 그러는 86세대 너희들은 뭘 그리 잘했느냐'는 심리가 어느 정도 있다.

그런데 당시 정풍운동을 일으켰던 이들은 당시 천·신·정이라 일컬어졌던 천정배·신기남·정동영 등 1950년대생 정치인들이었으며, 이들은 이후 당내에서 친노·친문이 되는 게 아니라 그 반대편에 섰을 뿐 더러 종종 호남정치의 복원을 시도하기도 했던 이들이다. 당시 동교동계 정치인 원로들을 생각하면 양지에서의 정치가 불가능하던 시절 음지에서 김대중 전 대통령을 도왔던 이들로서, 큰 잘못을 저질렀다기보다는 정치환경이 변하면서 그 역할이 재조정되어야 하는 상황에 처해 있었다. 세월이 흘러 오늘날엔 후세대들이 '86 퇴장론', 혹은 '86 용퇴론'을 외치기도 하니 역사는 돌고 도는 게 아닌가 싶다.

일각에선 호남 민심이 친노·친문·86세대를 비토(Veto, 거부)

하고 있으며, 그렇게 되는 일이 마땅하다고 주장하기도 한다. 하지만 상황을 그렇게 본다면 2012년 대선과 2017년 대선에서의 호남의 문재인 후보에 대한 압도적인 지지를 설명할 수 없다. 호남 민심이 친노·친문·86세대, 혹은 민주당 전반에 대해 가진 불만이 있다 하더라도 그것은 정치가 제대로 된 역할을 하지 못하고 있다는 불만이었던 것이지 특정 정치세력을 호남과 완전히 대립시키려고 했던 것이 아니다.

한마디로 말해, 호남은 특정 정치세력과 사생결단의 다툼을 하고 싶어하는 것이 아니라 그저 미래로 향하기를 원한다. 호남이 원하는 대안은 진취적인 대안이며, 민주당이 아닌 다른 정당이 그 진취적인 대안을 낸다면 그쪽에 마음이 쏠릴 것이다. 뒤집어 말하면 민주당이 스스로를 진취적인 정당임을 계속 입증하는 한 호남 민심이 상실될 일은 없을 것이다.

호남은 단지 민주당을 징벌하고 싶어 한 것이 아니라 미래를 위한 진취적인 대안을 원했다. 2012년 대선에서는 호남이 박근혜를 막기 위해 문재인 후보를 총력 지원했음에도 낙선했다는 사실에 대해 실망했다. 이후 박근혜 임기 동안 호남 민심이 문재인 후보에 대해 주저했던 것은 '문재인이 싫어서' 라기보단

'문재인이 승리할 수 있는 후보인지 확신이 없어서'라고 봐야 한다. 2017년 대선에서는 명백하게 문재인 후보가 다른 후보들보다 진취적인 대안으로 보였고, 그렇기에 호남 민심은 문재인 후보를 선택했다.

출처: KBC 광주방송

호남인이 주도하는
당당한 화해를 꿈꾼다

———— 2023년 대한민국의 현실에서 호남차별의 문제가 과거와 마찬가지의 수준으로 여전히 심각하다고는 볼 수 없다. 실제로 여러 여론조사에서 사람들이 한국 사회에서 가장 첨예한 갈등으로 지역갈등보다는 계층갈등과 젠더갈등 등을 택하는 응답 비율이 점점 늘어나고 있다. 지역갈등, 호남 차별의 문제는 노년세대의 철지난 문제로 밀려났다고 생각할 수도 있다.

하지만 그와 별도로 여전히 유튜브에서는 광주 민주화운동의 진실에 의문을 제기하고 폄훼하는 콘텐츠가 범람한다. 이는 한국 사회 구성원들의 전반적인 생각이 그렇게 바뀌었다기 보다는, 변화된 매체 환경이 극단적인 지지층을 동원하는 장사를 가능하게 했기 때문이라는 원인 분석이 더 설득력이 있을 것이다. 그렇더라도 그러한 콘텐츠의 범람을 보며 상처받을 호남인이 있을 거라는 점은 변하지 않는다.

그래도 과장하지 말아야 할 것도 있다. 한국 사회의 지역주의, 지역차별 문제는 각 지역출신 간의 사회경제적 격차를 확대하는 방향으로 전개되지는 않았다는 것이다. 다시 말하면 호남인이라고 계속 가난을 대물림할 수밖에 없는 그런 종류의 구조적인 차별은 없었다는 것이다. 이 점은 한국의 사회학에서 심층적으로 연구를 해준 바가 없어서, 다소 서로의 의견이 엇갈리는 부분이 있다. 하지만 나는 내 생애 동안의 경험을 통해 그러한 격차는 계속해서 줄어들어왔다고 생각한다.

언젠가 캔자스시티 사회학과 김창환 교수가 '통계적으로 볼 때 호남 출신자의 임금과 직업 위계가 학력을 통제하고 나면 영남 출신자의 그것보다 낮지 않다' 고 분석했는데, 아마도 이 분석이 사실이 아닐까 생각한다. 호남에서는 지역이 낙후했던 만큼 더 많은 사람들이 떠났지만, 그 남은 사람들의 소득이 다른 지역보다 현저하게 떨어지는 것은 아니었다. 지역을 떠난 호남 출신들 역시 열심히 일하며 살았을 뿐더러 자녀 교육에도 매진

했기 때문에, 계속 가난하게 살거나 그 가난을 대물림하지는 않았다. 물론 예전 수도권에서는, 불과 20여 년전만 하더라도 호남 출신이 많은 동네가 가난하고 저개발된 동네였다. 하지만 세월이 흐르면서 오늘날에는 그러한 구분선도 상당히 흐릿해졌다.

이제는 호남 출신들의 사회·경제적 지위도 상당 수준 이상으로 올라왔기 때문에, '호남인이 주도하는 당당한 화해'를 상상해보게 됐다. 가해자와 피해자로 나뉠지라도, 한 공동체에 살고 있는 쌍방이 화해하기 위해서는 쌍방의 노력이 둘 다 필요하다. 호남은 계속해서 노력을 해왔다. 하지만 가해자 집단의 노력이 불충분했다고 말할 수 있다. 정확히는 '가해자가 된 피해자'들도 용서를 구하는 노력을 하고 싶었을 수 있는데, 권력을 가진 이들이 계속해서 방해해온 역사라고 볼 수 있다. 1980년 광주 민주화운동이 발생한지 40여 년이 넘은 지금에 와서야 진압군 출신들이 광주에 와서 사실을 고백하는 일이 간신히 일어나고 있다. 그전에는 죄책감이 들더라도 사회적 분위기와 주변의 압박 때문에 용기를 낼 수 없었다는 뜻이다.

그래도 대한민국은 나름대로 정의가 어느 정도 실천되어 온 사회라고 생각한다. 학살의 주역들은 1995년 말 역사바로세우기 재판을 통해 구속됐는데, 사건 이후 15년 반 정도의 세월이 걸렸다. 비록 호남인에겐 피눈물의 세월이었지만, 이 정도면 인류 역사 대부분의 사회와 비교해도, 심지어 서구 선진국에서 일어났던 부조리한 사건들의 사태 처리와 비교해도 그리 늦은 편은 아니었다.

물론 두 사람에게 선고된 사형과 무기징역은 그리 오래지 않아 사면 조치로 인해 철회됐다. 하지만 과거사청산을 할 때 가해자 집단과 피해자 집단 사이에 모종의 현실적인 타협이 발생하는 것 역시 우리만의 일은 아니었다. 사면됐다고 한들 두 사람에게 내려진 사형과 무기징역의 근거는 명확하게 역사에 남았다. 그래서 오늘날 극우 유튜버들이 아무리 궤변과 요설로 광주 민주화운동의 진실을 왜곡한다 해도 결코 바꿀 수 없는 진실의 단단한 토대가 됐다.

김대중 대통령은 당선인 신분으로서 두 사람을 사면했다. 그들에게 사형을 선고받은 피해자로서 가해자들과의 화해를 도모한 것이다. 그런 김대중 대통령에게 박근혜는 '아버지의 죄'에 대해 사과했다고 하며, 김대중 대통령은 그 사과 역시 감동적으로 받아들였다. 그래서 임기 중에 김대중 대통령은 박정희 대통령 기념관 건립에 착수하게 된다.

박근혜 대통령은 이전의 국민의힘 계열 정당 소속 정치인들에 비해 상대적으로 호남에서 높은 지지를 받았다. '마의 10% 선'을 돌파한 지지였다. 이렇게 된 이유를 설명한다면, 박근혜 대통령이 직접 김대중 대통령에게 사과를 한 사람이란 점이 어느 정도 작용했을 것이다. 또한 애초 박정희 대통령에 대한 호남의 반감이 전두환만큼 극심한 것은 아니었다는 점도 영향을 미쳤을 것이다.

앞서 말했듯 박정희 대통령은 '경부선 축을 상징으로 하는 산업화'의 추진자였다. 호남 소외 내지는 배제의 원인을 제공한 사람이기도 하다. 하지만 그것은 광주 지역민을 학살하고 정권을 잡는 것과는 크나큰 차이가 있었다. '일본의 기술 지원을 받아, 미국으로 수출하는' 공업 국가를 추구했을 때 경부선 축 중심의 공업화는 피할 수도 없는 일이었다. 애초 산업화 자체가 나쁜 목적이 아니라 부국강병을 위해 추진한 것이었고, 그것이 성공을 거두면서 호남인을 포함한 대다수 대한민국 국민들의 생활 수준이 현저하게 높아졌다.

다만 호남인으로서, 혹은 민주당 지지층으로선 한국 사회의 경제적 성공이 단지 박정희 전 대통령의 공로에만 있다는 견해에는 반박하지 않을 수 없다. 박정희 대통령이 추구한 공업화 노선은 대한민국의 1인당 GDP가 1만달러에 이르는 데에 가장 큰 영향을 미친 것임에는 틀림없다. 하지만 지금의 1인당 GDP 3만 달러를 넘는 선진 공업국에 대한 공로가 모조리 박정희 대통령에게 있다고 주장하는 것도 결코 합리적이지는 않다. IMF라는 국가 위기 직후 집권한 김대중 대통령의 정보화와 대중문화 산업 육성, 노무현 대통령의 한미 FTA를 필두로 한 동시다발적 FTA의 공로도 인정해야만 한다. 우리가 박정희의 공로를 어느 정도 인정할 때에, 그 반대편에서도 김대중과 노무현에 대한 합당한 인정이 돌아와야 한다. 그래야 화해가 가능하다.

대한민국이 20세기에 식민지배와 분단, 전쟁이란 질곡을 이겨내고 세계 무대에서 선진국이 되었듯이, 호남인도 한국 사회의 발전과정에서 있었던 소외에 굴하지 않고 열심히 노력하여 대한민국의 성장을 함께 견인해왔다. 이제 더 이상 누구도 소외시키지 않는, 호남인도 대한민국의 확고한 구성원으로서 스스로 주도하여 당당하게 함께하는 새로운 종류의 화해를 꿈꾸고 싶다.

지방소멸 문제에 대한
대처가 필요하다

———— 그러한 화해가 이루어지기 위해서는 먼저 당면한 대한민국의 위협에 대해서도 호남인들이 그간 경험한 것들을 활용하여 함께 능동적으로 대응해야 할 것이다. 나는 호남인들이 그런 방식으로 한국 사회에 기여할 수 있는 문제가 지방소멸 문제라고 생각한다.

'지방소멸' 이란 개념은 2014년 일본 도쿄대학교 마스다 히로야 교수가 자국 내 지방이 쇠퇴해가는 현상을 분석하기 위해 내놓은《지방 소멸》이란 책에서 유래했다. 마스다 히로야 교수는 이 책에서 '지방소멸위험지수' 라는 지수를 사용했는데, 이 지수는 한 지역의 20~39세 여성 인구를 65세 이상 인구로 나눈 값으로, 이 지수가 0.5 이하일 때는 소멸 위험이 큰 것으로 정의된다. 마스다 히로야 교수의 저술에서 이 지수를 통해 분석한 결과 2040년까지 일본 기초단체 1,799곳 가운데 절반인 896곳이 인구 감소로 소멸 가능성이 있다는 예측을 내놓았다.

한국에서는 2017년에 마강래 중앙대학교 교수가 《지방도시 살생부》라는 책을 통해 이 논의를 포함하고 확장하는 분석을 시도했다. 책에 따르면, 2016년에 〈국민일보〉가 마스다 히로야 교수의 지방소멸위험지수를 통해 분석했을 때 국내 지자체의 30% 정도인 80곳이 소멸 위험지역으로 분류됐다. 이 분석에선 한국의 소멸 위험지역이 일본보다 다소 낮았지만, 더 큰 문제는 지난 10년 동안 소멸 위험지역이 3배 가까이 증가(33곳에서 80곳)했다는 것이었다. 지금의 인구 추이가 지속된다면 한국의 지자체 중 절반가량이 지방소멸위험지수에서 소멸 위험지역이 되기까지도 10년이 채 걸리지 않을 것이라 한다.

마강래 교수는 마스다 히로야 교수의 분석과는 별도로 '통계로 나타난 인구'의 추이에 대한 분석을 시도했다. 왜냐하면 일본의 지방소멸 현상과는 달리 한국의 지방소멸 현상에는 외지로 급격히 빠져나가는 인구라는 요소가 추가적으로 더 있어서 연령별 인구 구조의 분석만으로는 충분하지 않기 때문이다. 이러한 분석의 결과 전국 지자체 중 인구가 0이 되는 인구소멸시점을 가장 빨리 맞닥뜨릴 것이라 계산된 것은 전라남도 고흥군으로, 2040년에 인구가 0이 될 거라고 예측됐다. 전반적인 현황 파악을 위해 소멸순위 20위 충청북도 보은군, 40위 전라남도 해남군, 60위 경상남도 하동군에 대한 분석을 시도한 결과 각각 2051년, 2059년, 2072년에 인구가 0이 될 거라고 예측됐다. 더 심각한 문제는 인구가 0이 되기 전에도 지자체는 줄어든 인구의 세수로 넓은 지역의 인프라를 유지하지 못하여 해체 단계로 들어선다는 점이다.

마강래 교수는 책 전반에서 이 지방 소멸 현상의 심각함을 강조하면서, '지방소도시를 전부 다 살릴 수는 없기 때문에 지역별로 압축도시를 만들어서 그 지역에 집중 투자해야 한다'고 제언했다.

마강래 교수의 책에서 다방면의 분석을 통해 제시된 지방 소멸 예상 지도를 보면 특이한 현상이 있다. 바로 소멸예상지역이 호남 전역과 경북에 집중된다는 것이다. 이것은 최근 지방으로 제조업 공장을 내려 보내려고 해도 충청까지는 내려가지

결코 경상북도로도 내려가지 않는 세태와 관련이 있다. 수도권 집중이 심화되고, 교통이 개선되고, 그리하여 수도권이 끝없이 팽창하면서 충청 지역은 거의 수도권 생활권에 편입되는 듯한 모습을 보이고 있다.

강원도 역시 일부 최북단 지역을 제외하면 수도권에서 상대적으로 가까운 휴양지이면서 제2주거지역으로 활용될 수 있다. 제주도의 경우는 지난 10년간 인구 유입이 오히려 더 많았던 지역이다. 즉, 지방소멸의 위협은 기존의 동서 지역갈등이 아니라 남북갈등으로 지역 문제의 축을 바꾸어 놓을 수 있는 파괴력을 가지고 있다.

지방소멸 문제에 대해 얘기할 때마다 두고두고 아쉬운 것은 노무현 대통령의 행정수도 이전 특별법이 '관습헌법'을 근거로 위헌 결정을 받았던 2004년 헌법재판소의 판결이다. 내가 헌법재판소 판결의 근거에 대해 왈가왈부할 역량은 없다. 하지만 당시 노무현 대통령의 행정수도 이전 공약이 실행되어 정부 기관, 국회, 법원, 다수 공기업이 세종시에 함께 내려오게 됐다면 우리가 지방소멸 문제에 대처할 수 있는 옵션이 지금보다는 훨씬 더 많았을 것이다.

지방소멸 문제는 앞서도 말했던 한국 산업화의 축이 경부선이었다는 문제와도 연결된다. 이제는 '확장된 경부선 축'을 제외한 지역들이 지방소멸 위험지역이 되어 있다. 호남은 지방소멸 문제를 가장 직접적으로 경험할 피해당사자인데, 사실 다른 지역에 비해서는 추세적으로 계속 당해왔던 일이기 때문에 좀 더 적극적이고 현명한 선택을 내릴 수 있다.

마강래 교수는 '지방소도시가 모두 살려고 하면 전부 다 망하게 되며, 반드시 권역 압축도시를 구성해야 한다'고 주장한다. 권역별 압축도시가 얼마나 중요한지에 대해서는, 오직 광주에라도 대형복합쇼핑몰 하나라도 들어왔으면 좋겠다고 오매불망 생각한 호남인이 가장 잘 알 것이다. 호남인은 지역균형 발전 자금을 각 지역으로 나누지 말고 한군데에 압축해서 지원해야 한다는 정책 취지의 타당성을 가장 잘 납득할 것이며, 먼저 납득한 이후 그 성공 사례로 다른 지역에 대한 모범 사례를 제공할 수도 있을 것이다.

균형발전 위해 메가시티
전략을 추구해야 한다

————— 이 문제와 관련해서 참 안타까운 정치인
이라 생각하는 것이 바로 김경수 전 경남도지사다. 마강래 교
수가 제시한 압축도시 대안을 위해서는 먼저 PK지역에 부·
울·경 메가시티가 들어서야 했다고 생각하기 때문이다. 한국
의 수도권 집중 현상은 이제 '경부선 축' 조차 파괴하고 '서울
일극 체제' 로 빨려 들어가게 할 위험성을 가지고 있다. 먼저 그
나마 가장 인프라가 풍부한 PK 지방에서라도 '2극' 의 축이 서
야 숨통이 트이고 나머지 권역에서도 압축도시를 추구하면서
지방의 전면적 소멸을 막아낼 가능성이 생긴다.

김경수 전 경남도지사는 부·울·경 메가시티의 필요성을
가장 깊게 절감하고 적극적으로 추진하던 지역 정치인이었다.
하지만 김경수 지사가 '드루킹 재판' 으로 당선 무효 됨으로서

부·울·경 메가시티의 제안은 표류하고 있다.

먼저 여기서 말하는 '메가시티'의 개념을 간단하게 정의해보자. 메가시티(Mega City)라는 말에는 원래 '매우 큰 도시'라는 뜻밖에 없으며, 그것을 결정하는 단 하나의 기준은 도시의 인구였다. 과거에는 메가시티의 인구 기준이 300만 명이었지만, 시대가 흘러감에 따라 기준이 높아져갔다.

현재 UN은 인구 1,000만 명 이상의 대도시를 메가시티로 지칭하고 있다. UN 기준의 메가시티는 2018년의 통계에서 33개인데, 2030년에는 43개로 증가할 것으로 전망된다. 또한 인구 500만 명에서 1,000만 명 사이의 도시도 2018년 48개에서 2030년에는 66개로 증가할 것으로 전망된다.

물론 우리에게 필요한 메가시티의 개념은 단순히 인구만을 기준으로 한 것은 아니다. 기관이나 연구자에 따라 메가시티의 기능적 요건은 '핵심도시를 중심으로 일일 생활이 가능한 기능적으로 연결된 대도시권'으로 정의되기도 한다. 특히 최근 국내에서 논의되는 메가시티의 경우 단일 대도시만 의미하기보다 일상생활 또는 경제생활이 기능적으로 연계된 대도시권, 즉 '광역경제권' 또는 '광역도시권'이라 볼 수 있다.

2021년에 부산·울산·경남 3개 시·도와 3개 시·도연구원이 함께 만들어낸 〈동남권 발전계획 수립 공동연구〉에 따르면, 동남권 메가시티는 2040년에 대한 정량적 계획목표를 현재 동북아에서 메가시티로 거론되고 있는 한국(수도권), 중국(징진지, 창장, 주장), 일본(간토, 주부, 긴키)와 함께 동남권을 동북아시아 8대 광역경제권으로 진입시키는 것으로 수립했다.

이와 같은 목표는 아주 무리한 것은 아니었던 것이, 미국의 브루킹스 연구소가 다양한 경제지표를 사용하여 메가시티를 7개 유형으로 분류할 때 '신흥 관문(Emerging Gateways)' 유형으로 분류된 28개의 도시 중 부산-울산이 포함되어 있었다.

이 유형은 아프리카, 아시아, 라틴 아메리카 및 중동의 주요 국가 및 지역 시장의 비즈니스 및 교통 허브로서, 중간소득 상태까지 성장하였지만 주요 경쟁력에서 기존 메가시티보다 다소 뒤처지는 도시들을 분류한 유형이라 한다. 따라서 국외에서 바라보는 관점에서도 동남권은 메가시티로 성장할 가능성이 충분하다고 볼 수 있다.

〈동남권 발전계획 수립 공동연구〉에서 제시한 계획 목표는 2040년까지 인구 순유입을 통해 현재의 지역 인구 792만 명을

1,000만 명으로 확대하는 것이었다. 지역내총생산(Gross Regional Domestic Product : GRDP) 목표는 현재의 275조를 491조로까지 확대시키는 것으로 상정했다. 이를 위해 동남권 교통망 확충을 통해 지역간 이동 시간을 단축하여 1시간 생활권을 조성하고, 특히 거점도시 간에는 30분 내 통행을 추구하도록 했다. 현재의 200만 명에 해당하는 외국인 관광객의 수는 문화공동체 조성을 통해 1,000만 명까지 확대하고자 했다. 이러한 가슴 두근두근한 목표가 윤석열 정부의 탄생 이후 동력을 잃고 내팽개쳐져 있는 것이 현실이다.

혹자는 부·울·경 메가시티의 제안이 더 빈곤한 기초자치단체들의 사정을 무시하는 것이라고 비평한다. 너무 관념적이고 안이한 비판이라고 생각한다. 지금의 수도권 중심주의의 광풍 속에서는 먼저 PK 지역이라도 경쟁력을 갖춰야 나머지 지역도 수혜를 입을 수 있다. 다행히 PK 지역에는 아직 대학, 공단, 주거공간이 모두 갖춰져 있는데 그것들이 제대로 된 교통망으로 연결되어 있지 않다. 부·울·경, 즉 동남권 메가시티는 고속철도망을 통해 상호 연결될 필요가 있고, 가덕도 신공항을 통해 해외와도 연결되어야 한다. 그렇게 되면 호남, 특히 광주·

전남 지역은 그 메가시티와 고속철도로 연결해서 수혜를 입을 수 있다. 〈동남권 발전계획 수립 공동연구〉에서도 이미 경북은 물론 호남 지역, 특히 남해안 지역과의 연계 및 협력 계획이 짜여져 있다. 만약에 부·울·경 메가시티가 기존의 메가시티인 수도권 다음의 두 번째 축으로 우뚝 서게 된다면, 나머지 지역은 수도권 혹은 부·울·경 메가시티와 연계하여 지방소멸에 대처할 여력이 생긴다. 이후에는 마강래 교수의 제안대로 가령 인구 20만 이상의 지자체를 압축도시로 지정하여, 그곳에서 인프라를 유지하고 주변 지역민들에게까지 편의를 제공하면서 주민 이탈을 최대한 방지하는 길이 우리에게 남은 거의 유일한 길이다.

또한 대한민국이 세계 속에서 돋보이고 더 매력적인 관광지가 되는 시대엔 관광객들이 인천공항을 통해 입국하게만 돼서도 안 된다. '어서와 한국은 처음이지?'라는 환대를 받으면서 인천공항을 통해 처음 입국했을 때엔 서울을 중심으로 한 수도권을 관람하는 것만으로 충분할 것이다. 하지만 앞으로 외국인 관광객들의 '한국 N차 관람(한국에 여러 번 방문하는 일)' 시에는, 가덕도 공항을 통해 남쪽으로 들어와 경남과 호남의 아름다운 풍광을 여행하는 코스도 일반화 되어야만 한다. 〈동남권 발전계획 수립 공동연구〉에서는 광역철도 인프라와 대중교통·체계 확충을 바탕으로 '동남권 한 달 살기 프로젝트'로 국내외 관광객을 유인한 방안까지 제시한 바 있다.

전국적인 국토 균형개발 전략은 그와 같은 식으로 다지고, 호남은 권역 내에서 압축도시를 어떻게 지정하고 효율적으로 추진할 것인지를 고민해야 한다. 소지역 이기주의를 벗어나 큰 틀에서 사고해야 모두가 살 수 있는 길이 보일 것이다.

백두산 천지에서

경기도를 살펴야
서울도, 대한민국도
보인다

오랫동안 경기도에 살았지만, 경기도가 얼마나 넓고 다양한 곳인지는 경기도호남향우회총연합회 회장이 되면서 더욱 자세하게 알게 되었다. 31개 시군 호남향우회 회장들을 만나 얘기를 듣는 것만으로도 경기도가 얼마나 복잡하고도 다양한 공간인지를 알게 된다. '경기북도' 와 '경기남도' 로 분도해야 한다는 논의도 그래서 나오는 것인데, 과연 그것만으로 문제가 해결될지도 의문이 든다. 만약에 경기도 전체의 발전 계획을 만들고자 한다면 적어도 경기도 전역을 6~7개 권역으로는 나누어야 할 것이다.

경기도는 규모에 비해
인프라가 부족하다

───────── 경기도정에 참여하는 후배들로부터도 비슷한 얘기를 듣는다. 경기도처럼 도정을 펼치기가 어려운 지역이 없다는 것이다. 다른 지역들의 경우 대표성이 있는 도시가 있고, 그 권역의 공통의 이해관계가 어느 정도 있다. 그런데 경기도에선 어느 동네에 무엇이 유치된다고 하면 다른 동네가 불편한 심기를 내세우고, 어디에 뭐가 들어선다고 하면 다른 곳이 반대하는 식이란 것이다.

사실 경기도는 규모와 다양성의 측면에서 볼 때 하나의 나라와도 같다. 경기도의 인구는 2023년 5월 기준으로 1,360만이 조금 넘는데, 이를 국가 규모로 치환하면 세계 80위 안에 든다. 우리에게도 매우 익숙한 그리스, 벨기에, 스웨덴, 체코 같은 나

라들은 인구수가 1,000만~1,200만 사이에 있는 나라들로 경기
도보다 인구 규모가 작은 나라들이다.

경기도의 지역내총생산(Gross Regional Domestic Product : GRDP)은
2021년 기준 527조 원으로 대한민국 전체의 2,076조 원의 1/4
이 조금 넘는 수준이다. 2021년 기준 대한민국의 GDP는 1조
8,000억 달러가 조금 넘는 수준이므로, 경기도의 경제 규모를
GDP로 환산하여 추정할 경우 4,500억 달러에 해당한다고만
계산해도 세계 GDP 31위권에 위치하게 된다. 28위에서 30위
국가들인 노르웨이 · 이스라엘 · 오스트리아 같은 중견국들보
다 다소 작으며, 나이지리아 · 남아프리카공화국 같은 지역강
국들보다 다소 크다. 덴마크와 핀란드 같은 북유럽의 강소국,
싱가포르와 홍콩 같은 아시아의 네 마리의 용에 해당하는 곳의
GDP 규모도 이렇게 계산할 경우 경기도보다 명백하게 작다.

물론 한반도와 대한민국은 면적이 넓지는 않다. 그래서 면적
의 측면에서 경기도를 하나의 나라로 생각하고 세계 각국에 비
교해보면 168위 수준이다. 하지만 이 경우에도 경기도의 면적
은 국가들에 비교할 때에 팔레스타인의 1.7배, 룩셈부르크의 4

배가량이 된다. 면적만으로도 상당히 큰 지역이다.

반면 그런 규모만큼 경기도가 여러 인프라가 충분한 곳이냐고 묻는다면 다소 물음표일 것이다. 경기도는 처음부터 자생성을 추구하기보다는 서울의 확장이란 맥락에서, 혹은 서울과의 교류를 전제하고 발전한 측면이 있다.

당장 내가 거주하는 광명시처럼 서울과 인접한 경우에는 광명시 내부에서 무엇을 해결하기보다 서울 금천구, 구로구, 영등포구 등에서 문제를 처리하고자 할 때 빠른 결론이 나오는 경우가 있다. 서울과 다소 거리가 있는 경기도 지역들의 경우에는 상대적으로 인프라가 부족하고, 규제는 강한 경우가 많아서 또 다른 문제가 생긴다.

경기도의 교통 인프라는 보통 경기도 지역 끼리를 오가는 데엔 매우 불편하고, 서울을 오가는 데에만 최적화되어 있다. 서울로 출퇴근을 하는 사람들의 교통 문제가 가장 심각하기 때문이다. 그러다 보니 경기도는 나날이 팽창하고 있지만 각 지역이 제각기 서울에 종속적이고, 인프라에 자생성이 없는 현상은 여전히 해결되지 않고 있다. 이 문제를 해결하기 위해서는 경기도의 자생성을 높인다는 뚜렷한 목표를 세운 후, 별도의 정책적 접근을 통해 경기도를 다시 디자인하는 작업이 필요하다.

경기도 내부의 격차해소
정책도 중요하다

———— 경기도에는 과개발된 지역과 낙후한 지역이 공존한다는 매우 독특한 특수성이 있다. 그렇기에 경기도 전체를 개선하려는 정책은 그 특수성을 감안해서 균형있게 시행되어야만 한다. 그렇기에 경기도를 개선하기 위한 정책은 난이도가 높지만, 대한민국 지역균형 정책의 축소판이라고도 볼 수 있다. 앞서 말했듯이 대한민국의 전체적인 지역균형은 부·울·경 메가시티를 육성하고 압축도시 전략을 채택하면서 잡아야 할 것이다. 하지만 그와 함께 경기도 내부의 격차해소 정책도 시급히 필요한 일이다.

경기도 내부 격차 문제의 대표적인 축은 남북 문제다. 전국 최대 광역지방자치단체인 경기도는 한강을 기준으로 북부와 남부로 나눴을 때 생활권이 크게 다르다. 경기도의 중심을 서울이 관통하기 때문에 단절된 탓도 있지만, 경기도 북부는 접경지역인 반면 경기도 남부에는 세계 최대 규모의 반도체 벨트가 존재한다는 특수성이 있다. 애초에 격차가 클 수밖에 없는 여건이다. 1인당 지역내총생산(GDRP)을 비교해봤을 때 2020년 기준 북부는 2,401만 원인데, 남부는 3,969만 원이다. 경기도 북부가 남부의 60% 수준에 불과할 정도로 격차가 크다.

경기도 북부는 접경지역이라는 특성 때문에 전체 면적의 42%가 군사시설보호구역으로 지정됐다. 이외에 개발제한구역, 상수원보호구역 등도 있다. 그런데 수도권 과밀 억제 차원에서 제정한 수도권정비계획법이 경기도 북부에도 적용된다.

경기도 남부는 상대적으로 규제가 적다 보니 개발이 쉽게 된다. 윤석열 정부 역시 2022년 5월에 기업의 원활한 투자를 위해 세제·금융·인력 등을 지원하는 'K-반도체 벨트' 계획을 밝힌 뒤 추진 중에 있다. 이 반도체 벨트 계획은 전체 1,388㎡ 규모이며 예상 입주기업 수는 208개에 이르고 매출 기대 효과는 122조 원에 달한다고 한다. 기업 투자의 규모는 2030년까지 510조 원 이상이 될 것으로 추산된다. 경기도 북부에 대해서는 이러한 산업적 복안이 존재하지 않기 때문에, 이대로 방치한다면 북부와 남부의 차이는 더 벌어진다고 봐야 할 것이다.

지금까지 경기도 내부의 격차 문제, 균형발전 문제에 대한 해법은 주로 공공기관 이전이란 정책으로 논의됐다. 하지만 주요한 격차가 산업에서 발생하는 만큼, 격차를 줄이고 균형발전을 이룩하기 위해선 경기도의 각 권역에 대한 특화된 산업정책이 있어야만 한다. 이러한 각 권역에 대한 특화된 산업정책은 경기도의 균형발전을 이룩하는 길이면서, 경기도의 발전을 통해 대한민국의 신성장엔진을 제시하는 길이 될 것이다.

경기도는 대한민국의
새로운 기관차, 엔진이 되어야 한다

──────── '한강의 기적' 이란 말이 상징하듯 20세기 대한민국의 고도 성장의 기적은 서울이 대한민국의 기관차 역할을 하면서 앞에서 이끄는 방식으로 이루어졌다. 하지만 앞으로는 경기도가 대한민국에서 그 규모에 맞는 중요한 역할을 맡아야만 한다. 단적으로 말해, 산업적인 측면에서 경기도는 대한민국의 새로운 기관차, 엔진의 역할을 해야 한다.

국제 사회에서 대한민국의 수도 서울의 위상은 그 어느 때보다도 높아졌다. 《도시는 왜 불평등한가》의 저자인 저명한 도시경제학자이자 저널리스트인 리처드 플로리다 캐나다 토론토대 경영대학원 교수가 설립한 마틴번영연구소의 '스마트시티' 선정에서 서울은 몇 년 전에 8위에 올라 '슈퍼스타 시티' 라는 평가를 받았다.

이 평가에서 서울의 윗 순위에 있는 도시들은 미국의 뉴욕과 LA, 영국의 런던, 프랑스 파리, 일본 도쿄, 홍콩과 싱가포르 등으로 하나같이 이름만 들어도 쟁쟁한 유수의 도시들이다.

리처드 플로리다 교수는 2019년 〈중앙일보〉와의 인터뷰에서 서울은 GDP 1조3,000억 달러로 전 세계서 여섯 번째로 큰 메가시티에 해당한다고 지적했다. 그와 연구소의 분석에 따르면, 서울은 3T(기술·인재·톨레랑스)의 기준에서 봐도 세계 톱 수준으로 연구·개발 분야는 전 세계 도시 3위에 올랐다. 서울에서는 매년 10억 달러 이상의 스타트업 투자가 이뤄지는데, 이는 텍사스 주의 주도인 오스틴과 같은 세계 스타트업을 주도하는 도시와 거의 같은 수준이라고 한다.

또한 서울은 대졸자 비율 등의 기준으로 측정된 '인재 풀'의 수준에서는 전 세계 1위에 올라 있다. 다만 톨레랑스 부문에서는 70위권으로 뒤처져 있다고 한다.

여기서 리처드 플로리다 교수가 말한 서울의 GDP 규모는 서울과 경기도를 포함한 수도권 전체를 메가시티로 계산한 것으로 생각된다. 그런데 경기도의 면적은 서울의 17배에 가깝다.

서울이 지나친 집중 속에서 경쟁력을 상실하지 않으려면, 서울보다 훨씬 면적이 넓은 경기도의 각 권역을 이모저모 잘 활용하여 수도권 메가시티로서의 경쟁력을 유지해야 할 것이다. 그렇게 되면 대한민국은 서울과 경기도를 합친 수도권 메가시티와 동남권의 부·울·경 메가시티를 양대 축으로 하여 지금과 같은 극심한 수도권 집중에서 벗어나 재도약할 수 있을 것이다.

대한민국은 지난 2021년에 유엔무역개발회의(UNCTAD)에서 32번째 선진국으로 공인받았다. 한 나라가 개발도상국으로 분류되다가 선진국으로 분류가 옮겨진 사례는 유엔무역개발회의 역사상 최초라고 한다. 하지만 냉정하게 볼 때 4차 산업혁명 시대에 아직 대한민국의 위치는 선진국의 변방에 해당한다고 볼 수 있다. 성장 동력의 지속 가능성을 이어나가지 않으면 일본만큼 발전하기도 전에 '일본형 불황'의 길을 걸으면서 쇠퇴의 길로 빠져들 수 있다.

이미 한국은 인구가 줄어들기 시작했으며, 합계 출산율의 급격한 하강으로 인해 일본보다 훨씬 더 빠른 속도로 초고령화 사회로 진입할 것이기 때문이다. 한국은 규모의 경제의 차원에서 인구 1억 2,000만 명의 일본에게 뒤처지고 일본만큼 쌓아 놓은 자본도 없기 때문에, 새로운 성장동력을 이끌어내지 못한다면 일본의 '잃어버린 30년' 보다 훨씬 가혹한 불황을 경험하게 될 가능성이 높다.

지금의 세계 경제에서 국부의 격차를 결정하는 것은 디지털 경제다. 최근 전면적인 첨단기술 패권 경쟁을 벌이고 있는 미국과 중국은 세계 플랫폼 경제의 90% 이상을 장악하고 있다. IoT(사물인터넷), 블록체인, 3D 등 거의 모든 기술 영역으로 확장해서 생각해봐도 그중 70% 정도는 미국과 중국이 차지하고 있다. 일종의 '인터넷 3.0' 이라고 할 수 있는 메타버스 역시도 미국과 중국이 선도하는 기술영역이다.

4차 산업혁명의 가장 중추라고 볼 수 있는 AI 분야 역시 사정은 비슷하다. 그나마 자율주행 자동차 영역은 대한민국이 상대적으로 잘 따라가고 있는 부문이지만 여기에서도 한국이 선도국의 역할을 하는 것은 아직까지 벅찬 것이 현실이다. 현대자동차가 도요타 등보다는 선전하고 있다고는 하지만 테슬라가 정하는 표준을 받아들일지 말지를 고심하는 형국이다.

대한민국에서 위에서 열거한 첨단산업들은 바로 경기도에

집중되어 있다. 하지만 경기도엔 산업단지가 있을 뿐 배후 역량은 서울에 비해서 제대로 조직되지 못했다. 첨단 산업단지를 뒷받침하는 인재 양성체계도 부족하며, 산학연(産學硏, 산업계와 학계와 연구 분야를 아울러 이르는 말) 연계도 취약했다. 관련 인재 숫자도 OECD 국가 중 최하위 수준에 해당한다. 청년층이 아이디어만 가지고 창업에 뛰어들기 어려운 현실도 이 때문에 기인한다.

따라서 미래 산업의 지속적인 성장을 위해서는 국가와 지방정부가 기술혁신과 기업경쟁력을 위한 인적 역량체계를 구축해주고 지원해줘야 할 필요가 있다. 특히 그러한 지원이 가장 절실히 필요하고 이루어질 경우 큰 성과를 낼 수 있는 지역이 바로 경기도다.

경기도의 성장 전략이 필요하다

─────── 경기도가 잘 되어야 대한민국이 잘 되는 시대로 전환되고 있다는 것이다. 변화가 빠르다는 점, 발전과 낙후가 공존한다는 점에서 경기도는 그 자체로 하나의 나라처럼 거대할 뿐만 아니라 대한민국의 축소판이기도 하다. 말하자면 경기도에서 성장을 이루어낼 수 있는 이가 대한민국을 성장시킬 수 있다.

경기도에서 육성해야 할 첨단 산업들의 목록은, 바로 대한민국의 향후 성장에 필요한 첨단 산업들의 목록과 거의 같다. 그런데 이 산업들은 경기도의 지역별 특성에 따라 분포되어 있으니, 경기도의 권역을 나누어 각 산업을 배정하면서 균형 잡힌 발전을 이루어내야 한다.

경기도의 산업정책은 다층적인 차원에서 설계되어야 한다.

그것은 세계적 차원에서는 미래 첨단산업이어야 하고, 대한민국의 맥락을 고려하는 지점에서는 한국의 성장 엔진이어야 하며, 경기도 내부적으로는 경기도의 미래 먹거리어야 한다. 그러므로 '경기도의 미래 먹거리를 어떤 산업으로 확립할 것인가'의 문제는 세계적 조류에 맞춘 첨단산업을 살펴보면서, 국가적 차원에서 진행되고 있는 산업정책과 맥락을 맞춰서 제시해야 하는 것이다.

윤석열 정부가 문재인 정부의 산업정책을 제대로 계승하기는커녕 연구개발(R&D) 예산마저 크게 삭감하고 있는 현 실태는 너무나도 개탄스럽다. 그와 별개로 이러한 맥락에서 국가적 차원에서 진행했던 산업정책의 내용을 참조해야 한다면 문재인 정부의 '한국판 뉴딜'과 '대한민국 10대 미래 산업기술' 정책을 검토해볼 수 있다. 사실 문재인 정부가 의욕적으로 추진한 한국판 뉴딜만 해도 디지털 뉴딜, 그린 뉴딜, 휴먼 뉴딜, 지역균형 뉴딜 등으로 이루어져 있어 사실상 거의 모든 미래 산업을 포괄하고 있다. 여기에 덧붙여, 경기도의 권역별 특성과 결합시켜 지역균형 발전전략을 담아 권역별 산업정책과 지역발전 전략으로 구체화될 필요가 있다. K-문화, K-관광 등 문화산업을 포함한 여타의 산업을 연계해야 함은 물론이다.

세계적 차원에서의 미래 첨단산업과 대한민국의 차원에서 성장엔진의 역할을 할 산업의 목록이 무엇인지에 대해서는 다음과 같이 파악할 수 있다.

먼저 '2016 OECD 과학기술혁신 미래전망 보고서(OECD, Science, Technology and Innovation Outlook 2016, 2016,12,8,)' 를 살펴보면 [디지털] 인공지능, 빅데이터 분석, 사물인터넷, 블록체인, [바이오] 신경기술, 합성생물학, [신소재] 나노소재, 적층가공기술, [에너지·환경] 나노마이크로 위성, 첨단에너지 저장 등 해당 보고서 내에 '40가지 미래의 핵심기술 및 신기술' 의 목록이 적혀 있다.

또한 대한민국에서 만든 보고서인 〈소재·부품·장비 미래선도품목 책자(2021,7,)〉를 보면 '65개 미래선도품목(반도체·디스프레이·전기전자배터리·자동차·기계금속 5대 주력산업 27개 품목 + 미래소재·비대면·바이오·그린에너지 등 4대 신산업 38개 품목)' 이 망라되어 있다. 이어서 이러한 보고서들을 바탕으로 문재인 정부가 2021년 7월 22일에 '비상경제 중앙대책본부회의 겸 뉴딜관계장관회의' 에서 논의한 바를 살펴보자. 이 회의에 따르면 반도체·배터리·백신을 '3대 국가전략기술' 로 선정하고 세부대상 핵심기술 65개를 추가적으로 선정하여, "2023년까지 2조 원 이상의 설비투자 자금을 집중 지원하고, 연구개발(R&D) 및 시설투자에 대한 세액공제도 대폭 상향할 예정" 이라고 결정한 바 있다.

경기도에 있는 각종 대학과 출연기관들도 인재양성체계와 산학연(産學硏, 산업계와 학계와 연구 분야를 아울러 이르는 말) 연계를 염두에 두고 재편되어야 한다. 20개가 넘는 경기도 출연기관을 재구성하여 메트로권역별 'R&D연구네트워크센터', 메트로권역별 'R&D와 평생직업교육위원회', '스타트업원스톱지원센터', '경기도인재기금', 메트로권역별 '기술평가위원회', '중소상공인 E커머셜 지원센터' 등의 체계를 세워서 거버넌스 조직과 함께 운영할 수 있게 해야 한다.

그 예시로 1 메트로권역(수원 · 성남)은 'AI-Smart City 메트로'로, 2 메트로권역(용인 · 화성 · 오산 · 이천)은 '반도체 메트로'로, 3 메트로권역(고양 · 파주 · 김포)은 '생태평화 메트로'로, 4 메트로권역(포천 · 가평 · 연천)은 '관광과 K문화산업 메트로'로, 5 메트로권역(부천 · 안산 · 시흥)은 '소부장 메트로'로, 6 메트로권역(남양주 · 양평 · 여주)은 '6차산업(1, 2, 3차 산업을 복합해 농가에 높은 부가가치를 발생시키는 산업) 메트로' 로, 7 메트로권역(그외 지역)은 '탄소중립-에너지 산업 메트' 로 설정하고 권역별로 발전시키는 방안을 고민해봄직하다.

이와 같은 경기도의 권역별 성장전략은 기존의 서울 중심 성장 전략을 더 확장시키고 심화시키는 것으로, 대한민국의 지속가능한 경제 성장에 기여할 수 있다.

출처: OBS 오늘은 경인세상

'서울 공화국'에서
경기도의 특수성을 주목하라

경제 문제뿐 아니라 정치의 문제로 잠깐 돌아와 원론적으로 따진다면, 미국에서 주지사 정도는 지내봐야 보통 대선후보로 성장하듯이, 한국에서도 광역자치단체장 출신이 대선후보가 되는 문화가 확립되는 것이 장기적으로 바람직하다고 말할 수도 있다.

하지만 미국과 한국의 사정이 다소 다르기는 하다. 미국은 연방정부 시스템이라 주지사의 경험도 거의 정부조직 수반의 경험에 근접하게 되기 때문이다. 주의회 의원들이 주정부를 견제하는 것이 연방의회 의원들이 연방행정부를 견제하는 것과 크게 다르지 않다. 한국의 광역자치단체는 미국의 주정부 수준의 기능과 권력을 행사하지는 못한다.

당장 한국 사회에서 유일하게 광역자치단체장 출신으로 대통령이 된 서울시장 출신의 이명박 대통령이 임기 중 통치를 떠올리면 의문시되는 것들이 많다. 그는 국민 여론과 야당과 협치 하려 하지 않고, 국정원의 힘을 빌려 여론을 왜곡하고 야당과 반대세력을 탄압했다. 이것은 이명박이란 정치인 개인의 문제이기도 했지만, 한편으로 생각해보면 '서울' 이란 대도시의 행정을 담당하는 것과 대한민국이란 나라를 운영하는 것 사이에 존재하는 크나큰 격차를 보여주는 것이기도 하다.

흔히들 대한민국을 '서울 공화국' 이라고 한다. 서울은 '대한민국 그 자체' 란 의미일 것이다. 하지만 이 말은 정확하지 않다. 오히려 서울은 대한민국에서 '예외적인' 공간에 해당한다. 대한민국에서 성취한 좋은 것들은 모두 전시하면서, 나쁜 것들은 보이지 않게 가려둔 공간, 그곳이 서울이다. 서울은 대한민국의 '표준' 인 양 행세하지만, 표준일지는 몰라도 '평균' 은 아니다.

'서울 공화국' 이란 말이 있는 이 나라엔 한편으로 '서울 촌놈' 이란 말도 흔히 쓰인다. 이 말은 서울 바깥의 대한민국 세상

물정을 전혀 모르는 이를 지칭하는 말로 쓰인다. '서울에서 전남이나 경남까지 차타고 두 세시간이면 갈 수 있다'고 말하면 곧이곧대로 믿는다든지, '지방 광역시에도 지하철이 있느냐'고 계속 꼬치꼬치 물어본다든지, 버스가 휴대폰앱이 고지한 시간과 상관없이 나타나는 것에 적응을 못하는 사람들이 있을 때 이러한 말을 쓴다.

이와 같은 말이 함께 쓰이는 나라에선 서울이란 표준을 잘 알면서도 서울 바깥의 처지도 잘 아는 이가 훌륭한 정책을 만들 수 있다고 생각한다. 바로 그 점에서 경기도의 장점이 있다. 경기도는 태생적으로 서울의 주변부다. 그런데 한국 전체로 본다면 중심부에 해당한다. 주변부이면서 중심부이며, 중심부이며 주변부라는 이중의 특수성이 있다. 서울 바깥의 삶을 헤아릴 수 있으면서도 서울로 향하는 사람들의 욕망을 절절하게 아는 곳이다.

나는 호남향우회 활동을 오래 한 사람이고, 그간의 한국 사회와 한국 정치가 '30% 영남인'과 '30% 호남인'의 갈등 구조 위에서 전개된 현실을 무시해서는 안 된다고 믿는다. 하지만 그

것은 과거의 일이며, 시간이 지날수록 '50% 수도권 인구'의 복잡다단한 이해관계를 성공적으로 대변하는 이가 성공적인 정치적 대안으로 각광 받으리라는 사실도 명백하다. 특히 전체 수도권의 문제를 '서울 중심'으로 풀어내기보다는 '경기도 중심'의 관점에서 풀어내는 접근이 필요하다고 생각한다.

출처: OBS 어서옵쇼

청년세대의 주거 문제와
경기도의 역할

───── 특히 청년세대의 관점에서 볼 때 경기도가 가지는 특수성이 있다. 인구 이동의 관점에서 본다면, 서울은 전국 각 지역의 20대들을 서울로 흡수하는 것처럼 느껴진다. 그리고 서울을 하나의 유기체로 묘사한다면, 서울은 그렇게 흡수한 20대들이 30대가 됐을 때 경기도를 향해 배출한다. 각 지역의 청년들은 일자리를 찾아서 서울에 올라온다. 그리고 열악한 주거환경을 견디면서 그럭저럭한 일자리를 찾은 다음에는, 서울에서는 원하는 수준의 주거환경을 구할 수가 없어서 경기도로 밀려난다.

청년세대의 인구 이동의 관점에서 살펴본 경기도의 특성에도 앞서 말한 '주변부이면서 중심부'라는 특수성이 있다. 청년

세대가 경기도에서 만족하면서 살 수 있도록 하는 각종 방책은, 전체 대한민국, 그러니까 각 지역에 여전히 거주하고 싶은 청년들을 위해서도 유효할 것이다.

경기도의 문제에 주목하는 것이 청년세대의 문제를 해결하는 것과 연관된다면, 경기도의 여론에 주목하는 것은 지역주의가 약화되는 시대를 대비하는 데 도움이 된다. 지난했던 한국의 지역주의 정치의 영향을 받은 각 지역의 어르신들은 지역별로 정치 성향과 요구하는 바가 제각각 다르다. 대한민국 정부의 어떤 정책, 혹은 어떤 발언이 여론에 어떤 파급 효과를 미치는지를 분석할 때에 지역이란 변수를 고려하지 않을 수 없다.

하지만 연령 구간이 청년세대로 내려갈수록 그 지역별 격차는 작아지게 된다. 요즘의 청년세대에선 성별 격차, 혹은 젠더 격차가 더 심각한 문제라는 견해도 있다. 여하간 이렇게 지역별 격차가 줄어든 청년세대의 이해관계는 경기도를 포함한 수도권 지역의 이해관계와 가장 흡사해진다. 그렇기에 경기도를 포함한 수도권 지역의 문제를 해결한 경험이 있는 이는 어르신들 세대의 지역별 정치 성향 격차에 붙잡히지 않은 정치를 한 사람일 것이다. 그리고 그런 이는 수도권은 물론이거니와 전체적으로 청년세대의 이해관계를 더 잘 대변하게 될 것이다. 인구재생산이 심각한 문제가 된 현재의 대한민국에선, 청년세대를 잘 대변하는 이가 바로 미래를 위한 정치를 하는 이가 될 것이다.

앞서 2장에서 민주당을 향해 했던 요구를 반복한다면, 미래를 향하는 진취적인 정치를 하는 이가 미래의 권력을 쟁취하게 될 것이다.

결론적으로 말하면 이렇다. 경기도를 포함한 수도권에서 수도권 주민에게 소구하는 방식으로 정치 활동을 한 이는 지역주의의 영향을 제일 덜 받고 그 편견에서 상대적으로 자유로울 것이다. 그리고 그렇기에 그런 이가 역시 지역색이 가장 옅은 오늘날의 청년세대를 잘 대변하는 정치를 할 수 있을 거라고 믿는다.

'경부선' 세상에서
'호남선'으로 확장을 꿈꾼다

─────── 거듭 얘기했다시피, 내 또래는 '경부선 축'의 세상에서 살아왔다. 대한민국의 고도 산업화 시절에 그 바깥은 방치된 것이나 다름없었다. 하지만 이제 우리는 고도 성장의 시대가 아니라 '저성장이라도 내실 있는 성장을 기해야 하는 시대'에서 살아가야만 한다.

나는 결코 고도 성장 시절의 유산을 부정하는 사람은 아니다. 다만 이제부터 우리가 겪게 될 대한민국은, 선택적 고도 성장으로 그 문제를 해결할 수 있는 나라가 아닐 것이다. 대한민국은 좀 더 균형 있는 삶을 추구하는 국가가 되어야 하며, 필요한 정치인은 대한민국이 그렇게 되어야 한다는 사실을 명확하게 이해하는 사람이라 할 수 있다. 말하자면 '경부선 축(서울-부산)'

세상에서 한 뼘 벗어나 '경호선 축(서울-호남)' 세상도 상상할 수 있는 사람이 되어야 한다. 이것은 결코 경부선 축을 소외시키자는 말도 아니다. 그 축을 인정한 채로 다른 축을 확장해 가자는 것이다.

나는 '경부선 축'의 장점을 인정하면서도, '경호선 축'을 상상할 수 있는 진취적인 정치를 꿈꾼다. 그리고 호남인으로서 수도권에 올라와 경기도 광명시에서 수십 년 간 거주해온 사람으로서, 그러한 진취적인 정치, 새로운 대안을 만들어나가는 정치를 형성하는 데에 힘을 보태고 싶은 마음이 간절하다. 그러기 위해서는 단지 경제적인 지역균형 발전을 넘어서 지방자치가 강화되어야 한다고 생각한다. 수도권 초집중이라는 문제를 풀기 위한 경제·산업적 방책이 '메가시티+압축도시' 전략이라면, 정치적 방책은 결국 지방자치 강화라는 생각이 든다.

정희윤·하민지의 《시민의 삶과 지방자치》에 따르면, 지방자치는 "일정한 지역을 기반으로 지방자치단체(대표기구와 집행기구)와 주민이 그 지역의 사무를 자율적으로 처리하는 활동"으로 정의되며, "진정한 의미의 지방자치는 중앙과 지방간의 단체자치와 지방정부와 주민 간의 주민자치가 모두 이루어져야 하는 것"이라고 한다.

한국에서의 지방자치는 1990년대 초반에 부활했고 이제 30여 년이 지났는데, 시민들의 효능감이 만족스럽지는 않다. 특히 지방자치가 실시되는 동안 지방소멸의 위기가 닥쳐왔다는 사실 때문에, 지방자치가 삶의 문제를 제대로 해결해주지 못한다는 무용론이 나오고 있다. 실제로 '메가시티+압축도시' 전략의 경우 잘게 나누어진 기초자치단체들의 이해관계와 상충되는 것이기도 하다. 부·울·경 메가시티의 경우에도 김경수 전 경남도지사 시절 3개의 광역자치단체를 조율하면서 추진됐는데, 김 전 지사가 당선무효되고 윤석열 정부가 들어서면서 광역자치단체 간의 이해관계가 어긋나면서 현재는 논의가 중단된 상태다. 현상적으로만 보면 오히려 강한 중앙집중적 권력을 통해서만이 한국 사회가 당면한 문제를 해결할 수 있다고 진단하는 유혹에 빠지기 쉽다.

다시 지방자치를 논한다

──────── 하지만 지방자치를 확대하자는 주장은 우리 삶의 자율성을 확보하고 시민의 권리를 증진하자는 매우 기초적인 원칙에 기반을 둔다. 한국의 지방자치 제도가 충분한 효과를 보지 못하는 이유는, 지방자치 단체의 권한이 미약하여 지역 개발 사업에 골몰하는 것 말고는 존재의의를 찾지 못하는 것과 관련이 있다. 즉, '지방자치가 이루어져서' 메가시티를 방해하는 것이 아니라 '지방자치가 부실해서' 메가시티를 방해하는 측면이 있다는 것이다.

한국의 지방자치는 지역주의 균형 구조라는 한국 정치의 특성 때문에 기형적인 모습을 보여왔다. 전국 단위 총선에선 결과적으로 균형을 유지하게 되지만 지역의 광역의회 수준에서는 사실상 '일당독점 의회'를 만들어내는 현상을 반복해왔다.

2017년 당시 현역 시의원으로서 《지방자치 새로고침-지방자치, 선거제도, 민주주의》를 저술한 윤병국은 다음과 같이 논한 바 있다.

"영·호남이 아니라도 최다 당선자를 낸 정당의 당선자 비율이 3분의 2를 넘는다. 국회로 치면 개헌선을 넘고, 국회선진화법도 무력화시킬 수 있는 무소불위의 의석이다. 이 정도면 그 지방자치단체 내에서는 사실상 일당독점이다. (중략) 제1당이 광역지방의회를 독점하는 현상은 4대, 6대 동시지방선거에서만 나타난 특징이 아니다. 2010년 5대 동시지방선거 결과 광역의회에서 제1당이 전체 의석의 3분의 2에 미달한 곳은 경기도·제주도·충청남도·울산광역시 등 네 곳에 불과했다. 2002년의 3대 동시지방선거 때는 대전·충남·제주 등 세 곳, 1998년의 2대 동시 지방선거 때는 강원·울산·제주 등 세 곳을 제외하고는 모두 1당이 전체 의석의 3분의 2를 넘었다."

한편 현행 기초의원 선거는 양당 과점이 되기가 너무 쉽다. 사실 1991년에 기초의회 선거가 시작될 때엔 지금과 제도가 사뭇 달랐다. 그때엔 정당공천이 없었고, 정당을 연상할 수 있는 아라비아 숫자가 아니라 '가, 나, 다'로 후보를 구별했다. 선거구는 행정동을 기준으로 했으며 인구에 따라 1~4인을 선출했다. 급여가 지급되지 않고 출석수당만 지급되는 무급명예직이었다. 그러던 것이 2006년 기초의회 선거부터 많은 변화가 이루어져서 지금의 모습이 됐다. 급여 지급이 시작됐으며, 정당공천이 허용됐고, 선거구는 광역의원 선거구와 일치시키되 선거구당 2~4인을 선출하는 중선거구제가 적용됐다. 군소정당 및 무소속 후보에게는 그나마 4인 선거구가 희망이었으나 이후 4인 선거구를 꾸준히 잘라서 2인 선거구로 만들었다. 그리하여 영·호남에서는 일당독점 현상이 벌어졌고, 기타 지역의 경우 '양당 나눠먹기' 선거가 횡행하게 됐다. 윤병국은 같은 책에서 다음과 같이 말했다.

"정당공천제가 실시된 이후 세 번의 기초의원 선거에서 정당공천을 받지 않은 무소속 후보자의 당선률은 10% 내외에 머물렀다. 그나마 전체 무소속 당선자의 대부분은 영·호남 지역에서 나왔기 때문에 이들 지역을 제외하면 무소속 당선은 거의 불가능에 가깝다고 볼 수 있다."

결국 지방자치를 확대 혹은 정상화시키기 위해서는 더 많은 제도 개선 논의가 필요하다. 가령 프랑스의 사례에서 보듯이 지방자치를 성공적으로 안착시키기 위해서는 광역자치단체의 규모를 키우고, 그 광역자치단체에 많은 권한을 이양하는 조치가 필요할 수 있다. 이럴 경우 한국에서도 광역자치단체가 메가시티를 방해할 유인은 줄어든다.

프랑스는 1940년대 후반 저명한 지질학자인 장 프랑수아 그라비에가 "프랑스에선 파리를 제외한 지방은 모두 사막일 뿐이다"라고 말했을 만큼 선진국 중에서 보기 드물게 한국과 유사한 '수도권 중심적'인 국가다. 프랑스에서 1980년대 이후 지방분권 개혁이 이루어지고 나름의 성과가 나왔다면, 그러한 사례는 더 세밀하게 분석될 필요가 있을 것이다. 물론 현재 한국의 지방자치는 다만 광역자치단체의 규모만 문제가 아니니 만큼 위에서 살펴본 광역의회와 기초의회 등 다른 영역에서의 제도개선 논의도 필요하다.

문제의 핵심을 추려적자면, 영역의 구분, 권력의 분산 및 상호견제, 그리고 이를 통한 시민의 권리의 보장이라 생각한다.

시장 경제의 영역, 노사합의의 영역, 지방자치의 영역, 그리고 중앙정치의 영역이 각기 나뉘어져 있고 조화를 이루는 세상이 시민들의 권리를 더 잘 지켜주면서도 경제적 번영을 이끌어낼 수 있다. 경기도 내부의 불균형을 시정하는 문제, '경부선 축'의 세상을 좀 더 많은 축의 세상을 확대하는 문제 역시 결국에는 '권력의 분산 및 상호견제'라는 시스템이 정착된다면 더 잘 실현될 수 있으리라 믿는다. 결국 과거 김대중 대통령이 단식으로 얻어낸 소중한 지방자치를 확대하고 더 발전시키는 것이 문제의 해법이 될 것이다.

출처: KBC 광주방송

더 균형잡힌
대한민국을 꿈꾼다

국토의 최남단, 전라남도 강진과 해남을
나의 문화유산 답사기 제1장 제1절로 삼은 것은 결코 무작위의
선택이 아니다. 답사라면 사람들은 으레 경주·부여·공주 같
은 옛 왕도의 화려한 유물을 구경 가는 일로 생각할 것이며, 나
또한 답사의 초심자 시절에는 그런 줄로만 알았다.

그러나 지난 20년간 내가 답사의 광(狂)이 되어 제철이면 나를
부르는 곳을 따라 가고 또 가고, 그리하여 나에게 다가온 저 문
화유산의 느낌을 확인하고 확대하기를 되풀이하는 동안 나도
모르는 사이 여덟 번을 다녀온 곳이 바로 이 강진·해남 땅이다.

강진과 해남은 우리 역사 속에서 단 한 번도 무대의 전면에
부상하여 화려한 스포트라이트를 받아본 일 없었으니 그 옛날
의 영화를 말해주는 대단한 유적과 유물이 남아 있을리 만무한
곳이며, 지금도 반도의 오지로 어쩌다 나 같은 답사객의 발길
이나 닿는 이 조용한 시골은 그 옛날 은둔자의 낙향지이거나
유배객의 귀양지였을 따름이다.

그러나 월출산, 도갑사, 월남사지, 무위사, 다산초당, 백련사, 칠량면의 옹기마을, 사당리의 고려청자 가마터, 해남 대흥사와 일지암, 고산 윤선도 고택인 녹우당, 그리고 달마산 미황사와 땅끝에 이르는 이 답사길을 나는 언제부터인가 '남도답사일번지' 라고 명명하였다. 사실 나의 표현에서 지역적 편애라는 혐의를 피할 수만 있다면 나는 '남도답사일번지' 가 아니라 '남한답사일번지' 라고 불렀을 답사의 진수처인 것이다.

거기에는 뜻있게 살다간 사람들의 살을 베어내는 듯한 아픔과 그 아픔 속에서 키워낸 진주 같은 무형의 문화유산이 있고, 저항과 항쟁과 유배의 땅에 서려 있는 역사의 체취가 살아 있으며, 이름 없는 도공, 이름 없는 농투성이들이 지금도 그렇게 살아가는 꿋꿋함과 애잔함이 동시에 느껴지는 향토의 흙내음이 있으며, 무엇보다도 조국강산의 아름다움을 가장 극명하게 보여주는 산과 바다와 들판이 있기에 나는 주저 없이 '일번지' 라는 제목을 내걸고 있는 것이다.

- 유홍준, 《나의 문화답사기》, 〈아름다운 월출산과 남도의 봄〉

————— 1990년대 초반 유홍준 선생의 《나의 문화답사기》를 들고 젊은이들이 호남에 내려가기 시작한 때를 기억한다. 외지인에게도 호남이 관광의 대상이 될 수 있다는 점을 처음으로 알려준 때가 그때쯤이었던 것 같다. 이제는 그것도 너무 먼 기억이고, 〈여수 밤바다〉란 노래를 흥얼거리면서 수많은 청년이 우리는 이미 알고 있었던 그 여수 바닷가의 아름다운 풍광을 즐기는 시대가 됐다. 여수 엑스포를 계기로 KTX 노선이 확충된 것도 청년 관광객을 끌어들이는 데에 도움이 됐다.

나는 주로 '지역 문제'를 염두에 두고 살아왔다. 호남차별과 소외를 경험하는 삶을 살았고, 그래서 그 문제를 넘어서는 균형 잡힌 대한민국을 꿈꿨다. 호남 문제는 완전히 사라지지는 않았지만, 그래도 상당 부분 해결된 측면이 있다. 과거엔 교통편이 너무나 열악해서 관광지도 되지 못했던 호남의 각 지역들이 휴양지가 됐다. 시대가 지나면서 '호남선' 철도와 고속버스 등 사회인프라도 양적으로나 질적으로나 개선되기 시작했다. 우리가 겪었던 고통을 자녀세대에게 되물림 하지는 않았다는 자각을 가지게 됐다.

한편 경기도의 문제는 내가 30대 이후 수십 년 동안 경기도 광명시에 거주하면서 새로 인지하게 된 문제이나, 역시 '지역 문제' 라는 점에선 큰 틀에서 다르지 않고 어느 정도 익숙했다. 하지만 이제는 '더 균형 잡힌 대한민국' 을 꿈꾸기 위해 고려해야 할 다른 것들이 많다는 사실도 알고 있다. 그리고 이런 문제는 우리가 다루기에 더 까다로운 것이다. 저 출생 고령화의 문제, 남북 관계, 미중대결 시대에 대처하는 한국의 국가 전략 등이 그것이다.

이 문제들은 까다롭다고 해서 해결하지 않고 방치할 수도 없다. 대한민국이란 국가 공동체가 지난한 성공을 거두었음에도 불구하고 다음 세대에 소멸의 길로 들어서지 않기 위해선 반드시 해결해야 할 문제이기 때문이다.

지금도 이미 대처가 늦었다고 볼 수 있으며, 시급히 정치권이 문제를 논의의 테이블 위에 올리고 해결해야 할 문제다. 그리고 이런 문제들을 해결해야 노무현 대통령께서 꿈꾸셨던 '평화와 번영의 동북아 시대를 이끄는 대한민국' 이란 미래가 실현 가능하게 될 것이다.

저출생 고령화 문제를 해결하려면

─────── 인구학자 데이비드 콜먼 옥스퍼드대 명예교수는 17년 전인 2006년에 유엔 인구 포럼에서 "심각한 저출산 추세가 지속되면 한국이 '1호 인구소멸국가'가 될 수 있다"고 전망한 바 있다. 우리는 2장에서 이미 지방소멸 문제를 살폈지만, 저 출생 문제를 살펴보다 보면 이제는 우리 공동체가 국가소멸의 위기 상황에 처해 있음을 부인할 수 없다.

콜먼 교수는 올해도 방한해서 "인구 감소는 전 세계적인 현상이지만 동아시아에서 두드러진다"며 "이대로라면 한국은 2070년 국가가 소멸할 위험이 있고, 일본은 3000년까지 일본인이 모두 사라질 위험이 있다"고 경고한 바 있다.

한국은 일본보다도 훨씬 빠른 속도로 국가소멸의 길로 달려가고 있는 것이다. 한국은 2000년대 초반부터 '초저출생 사회'

로 진입했고, 그후 20여 년이 지난 이후부터 본격적인 인구 감소 시대로 들어섰다. 고령화 역시 굉장히 빠른 속도로 진행 중이다. 기존의 인구의 평균수명이 계속해서 증대했기 때문에, 초저출생의 문제에 접어든지 한참의 시간이 흘렀어도 당장에 인구 감소가 이루어지지 않아서 심각한 문제로 인식하지 못했던 점이 뼈아프다.

다행히 앞으로의 20여 년의 시간 동안에도 생산가능인구의 급격한 감소는 이루어지지 않을 거라고 하니, 얼마 남지 않은 유예기간에 해당하는 시간 동안 초저출생 문제에 대해 어떻게든 반전의 계기를 마련해야만 한다.

임신 및 출산의 문제에 대해서 자녀들과 대화하면 쉽지가 않다. 우리 또래 기성세대에겐 아이를 가진다는 것이 선택이라기보다는 당연한 의무이고 살아가는 도리였다. 그런 생각이 더 이상 받아들여지지 않는 세태를 앞에 두고 어떻게 대화를 해야 할지를 묻는다면 당연히 쉽지 않다. 다른 많은 집에서 그러하듯이, 나도 이 문제를 두고 자녀와 갈등을 빚은 적도 있다.

그런데 최근에 전국적으로 영아 유기 · 살해 사건이 보도되고 있다. 참담한 심정이 든다. 어찌 보면 '한국 사회가 아이를 환대할 준비도 되어 있지 않았는데, 젊은 세대들에게 아이를 낳아 달라는 요구만 하고 있지 않았나' 하는 생각이 들어서다. 1970년대 초반 기준 한해 100만 명씩 태어나던 아이가 이제 채 25만 명을 채우지 못하고 있다면, 절반도 아니고 사분지 일 토막이다. 이 문제의 심각성을 한국 사회와 우리 기성세대는 너무나도 늦게 깨달은 셈이다.

예전에는 친족끼리 가까운 곳에 살거나, 그러지 않더라도 이웃끼리 당연하다시피 왕래하는 공동체적 삶을 살았다. 그런 삶의 양상 속에서 아이를 낳게 된 부모가 아예 아이를 낳았다는 사실을 주변에 숨기면서 영아를 유기하거나 살해한다는 것은 결코 쉬이 가능한 일이 아니었다. 하지만 최근 몇 년 간 신고 제도의 미비로 인해 알려지지 않았던 영아 유기·살해 사건이 이토록이나 많았다니 기성세대로서 착잡한 마음이 들지 않을 수 없다.

우리 문화는 자녀에 대한 부모의 책임을 굉장히 강조한다. 사회의 책임보다는 일차적으로 부모의 책임에 기댄다. 그래서 우리나라는 노인 빈곤률은 다른 나라에 비해 매우 높은 사회지만 아동 빈곤률은 여타 선진국에 비해서도 낮은 편이다. 부모가 일단 자녀를 낳으면 풍족하게 키우려고 하고, 만약 그러지 못한다고 생각할 경우 아예 임신 및 출산을 포기하는 세태가 바로 이러한 통계에 집약되어 있다고 볼 수 있다.

그런데 서로 비교를 하면서 살아가는 경향이 큰 한국 사회는 그렇게 비교를 하면서 기준을 지나치게 높게 끌어 올리는 경우가 흔하다. '이 정도 준비가 되어 있지 않으면 결혼할 수 없어. 결혼은 어리석은 일이야' 부터 시작해서 같은 논리가 임신, 출산, 육아 문제에 대해서도 순차적으로 이어진다. 이 지점에서 포기해버리는 청년이 많다는 것은 이해가 가는데, 과연 그 '이 정도 준비' 라는 것이 그렇게 합리적인 기준인지는 의문이다. 우리 세대가 그보다 더 어려운 환경에서 아이를 낳고 키웠다는 얘기를 할 것까지는 아니지만, 다소 과장된 기준에 대해선 '그런 건 아니다' 라고도 말할 수 있어야 한다.

물론 초서출생 문제는 그저 그렇게만 말해서 해결될 일은 아니며, 근본적으로는 정책적인 접근이 필요하다. 정책적인 접근의 핵심은 '일단 아이를 낳으면, 우리 사회가 어떻게든 그 아이를 건사해준다'는 믿음을 주는 것이다. 자녀 양육에서 부모의 헌신이 절대적인 영향을 미쳤던 문화를 벗어나 사회의 역할을 강조하는 정책 대안이 일반화되어야 한다. 아마 당장 그렇게 한다 해도 공교육이 불신 받고 사교육이 신뢰받는 것처럼 '공보육'을 믿고 아이를 바로 낳게 되지는 않을 것이다. 그렇더라도 정책의 방향 자체는 그 길로 향해야 한다.

기성세대와 한국 사회는 적어도 먼저 우리가 '어떤 상황과 조건으로 태어난 아이든지 환대하고자 한다'는 태도를 취해야 한다. 그리고 그 기조에 입각해서 모든 정책이 추진되어야 한다. 그 정도 태도도 가지지 않으면서 세계 최저 출생률의 문제가 반전되고 저출생 고령화 문제를 막아낼 수 있다고 기대할 수는 없을 것이다.

지금의 인구구조와 출생률이 지속된다면 한국의 인구는 2070년경 노년층과 청년층의 숫자가 균형을 이루고 그 다음부터는 매우 빠른 속도로 소멸해가는 수밖에 없다고 한다. 대처할 시간이 얼마 남지도 않았다.

한국에는 1세기 전에 출간된 스웨덴을 대표하는 사회학자 알바 뮈르달, 정치경제학자 군나르 뮈르달이 공동 집필한 사회과학 명저《인구 위기 - 스웨덴 출산율 대반전을 이끈 뮈르달 부부의 인구문제 해법》이 최근에야 출간됐다.

이 책이 출간된 1934년 당시 스웨덴은 유럽 최빈국으로서 전 세계에서 출생율이 가장 낮았다고 한다. 뮈르달 부부는 이 책에서 스웨덴의 지속적인 인구감소, 그에 따른 생산성과 생활수준 저하, 저출산 문제를 다루며 이를 극복하기 위한 실질적인 사회 개혁 방안에 대해 논의했다.

뮈르달 부부는 저 출생 문제의 심각성을 인정하면서도 진보적 가족정책을 통해 출생율을 높이고 '인구의 질' 과 '삶의 질' 을 개선할 수 있다고 주장했다고 한다. 그 가족정책 구상의 핵심은 출산과 양육비용의 대부분을 사회가 부담하고, 기혼 취업 여성도 직장생활과 가정생활이 양립할 수 있도록 사회가 적극적으로 지원해야 한다는 것이다.

결과적으로 저출생 고령화의 문제는 김대중 대통령이 말씀하셨던 '분배적 정의와 사회복지', 노무현 대통령이 말씀하셨던 '균형발전과 사회통합', 문재인 대통령이 추진했던 '포용국가의 이상' 이 대한민국 사회에 제대로 구현되지 않았기 때문에 나타난 것이라고 볼 수 있다. 갈수록 심화되는 격차사회에서, 그 격차를 일정 부분 완화시키고 역진시키기 위한 우리들의 노력이 절실하다고 볼 수 있다.

북한 문제에는 어떻게 대처할 것인가

────── 저출생 고령화 문제에 대해 숙고하다 보면 '일단 10년, 20년 정도 시간을 벌기 위해서라도 먼저 남북통일이 필요할 것 같다'는 충동적 결론에 휩싸이는 자신을 발견하게 된다. 아마도 우리 또래라면 상당수가 그럴 것이다. 우리가 어렸을 때는 〈우리의 소원은 통일〉이란 말은 굳이 노래를 부르면서 확인할 필요도 없는 상식에 해당했다. 한국 사회가 통일을 추구하지 않을 수도 있다는 가능성이 우리 세대에겐 너무나도 낯설었다.

그렇다고 해도 변화한 세태에 적응해야 한다. 우리의 손주세대도 아니라 자녀세대부터 벌써 북한을 동질성을 가진 한민족으로 보지 않는 세태를 억지로 바꿀 수는 없기 때문이다. 우리가 태어났을 무렵에는 남북한의 생활 수준이 비슷했고, 심지어는 북한이 조금 더 잘산다는 얘기가 있을 정도였다. 1980년대에 들어와서 남북한 격차가 본격적으로 벌어지기 시작했지만 그 시절에는 북한과 거의 접점이 없다 보니 그 사실을 알게 될 도리도 없었다. 다만 1983년 대한민국이 엄청난 수해를 입었을 때 '북한에서 보내준 쌀의 질이 매우 좋지 않고 돌이 쉽히 더라' 는 경험을 하면서 북한의 상황을 약간 체험하게 된 맥락은 있었다. 하지만 그때만 해도 '북한이 대한민국이 입은 수해를 걱정하며 인도적 차원에서 쌀을 지원한다' 는 일이 가능했던 시대였다.

지금 시점에서 대한민국과 북한을 비교하면 대한민국은 너무나도 명백한 선진공업국에, 민주주의가 성공적으로 자리 잡았으며, 전 세계에서 통용되는 대중문화를 보유한 나라에 해당한다. 우리가 흔히 얘기하는 "오직 한없이 가지고 싶은 것은 높은 문화의 힘" 이라던 '김구 선생님의 꿈' 이 다소 과할 정도로 확실하게 실현된 사회라고 볼 수 있다.

반면 북한은 정치·경제·문화 등 어느 측면을 보더라도 그 대한민국에 비해 서너 세대는 뒤떨어진 낙후된 국가로 보인다. 그런데다 핵무기를 포함한 군사력 방면에만 과한 투자를 해서 대한민국을 위협하는 모순적인 모습을 보여준다. 이렇게 정리하다 보면 청년세대 입장에서 북한에 대해 민족적 동질성을 느끼면서 동정심을 가지기가 쉽지 않을 수 있다는 현실도 이해는 간다.

대한민국의 1인당 GDP는 환율이 조정되더라도 3만 달러는 넘기는 반면, 북한은 1,000 달러에 머문다. 30배 격차라고는 하지만, 국민소득 1,000 달러 즈음을 살고 있다는 다른 나라들과 비교해보면 북한의 빈곤함이 더 두드러져 보인다. 상당수 개발도상국들은 국민소득이 1,000 달러 즈음이라고는 해도 먹을 것 자체가 크게 부족하지는 않는 경우들도 많기 때문이다.

가령 젊은 층들이 자주 여행도 다니는 중앙아시아의 여러 나라들과 북한의 실태를 비교해본다면, 북한 쪽이 그들보다도 훨씬 갑갑하고 대한민국에서 극단적으로 아주 멀리 떨어져 있는 체제로 느껴질 수밖에 없을 것이다.

그렇더라도 우리가 간과할 수는 없는 문제들이 있으며, 그런 부분에 대해서는 청년세대를 설득해야 할 필요가 있다.

먼저 북녘 땅에 있는 2,000만 명이 넘는 사람들에 대한 최소한의 책임감이다. 설령 한민족으로서의 동질의식이 사라졌다고 해도 그들의 빈곤과 죽음을 그저 방치한다는 것은 누구에게 나 가슴 아픈 일일 것이다. 비록 대한민국 정부는 북한 정부가 협조한다면 언제나 식량원조 정도는 해줄 준비가 되어 있고, 그것을 거부하는 것은 핵과 대한민국에 대한 적대노선을 포기하지 않는 북한 정부라고 할지라도 마찬가지다.

북한은 코로나19의 유행 이후 중국과의 교역도 줄어들어서 내부적으로 큰 어려움을 겪는 것으로 알려져 있다. 1990년대에 수십만의 아사자를 발생시켰던 '고난의 행군'에 준하는 상황이 발생할지도 모른다는 우려가 나올 정도다. 꼭 통일을 의도하지 않더라도, 한국 정부는 이러한 문제를 풀기 위한 최소한의 노력은 기울여야만 한다.

북한에서 발생할지 모르는 급변 사태가 한국 사회에도 결코 도움이 되지 않을 것이기 때문에 더욱 그러하다. 만약 북한 체제가 붕괴되고 내전이 일어나서 북쪽이 보유한 핵과 미사일 등의 소유권이 우리가 누군지 제대로 파악할 수도 없는 여러 세력에게 넘어간다면 무슨 일이 일어날 것인가? 북한이 해체되고, 북한 동포들이 휴전선을 넘어서 대한민국 쪽으로 밀려들어오려고 한다면 우리는 감당할 수 있을까? 혹은 중국의 군대가 북한 영역에 진입하여 치안을 안정화시키고 위성 정부를 세운다고 생각하면 몇 세대 후 우리는 그 사실을 후회하게 되지는 않을까?

이러한 몇몇 끔찍하고 극단적인 가능성을 되도록 회피하기 위해 한국 정부가 노력을 기울여야 할 필요가 있다는 사실까지 부정할 이유는 없을 것이다.

미·중 대결 시대의 개막, 러시아-우크라이나 전쟁으로 인한 혼란으로, 대한민국의 선택지가 매우 좁아진 것은 사실이다. 한반도에서 다시금 한·미·일 대 북·중·러 대결 구도가 심화될 경우 한국의 운신의 폭은 더욱 줄어들 것이다. 하지만 바로 그렇기 때문에 북한과 중국과 러시아를 향해 다른 사인을 주는 것이 필요하다. 다소 희망적인 얘기를 하자면 요즘 중국이나 러시아가 북한에 많은 경제적 원조를 제공할 정도로 형편이 좋다고는 볼 수 없다. 우리는 좁은 틈이라도 어떻게든 비집고 들어가서 운신의 폭을 넓혀야만 하는 처지다.

즉, 김정은 북한 체제의 입장에서도 '한·미·일 대 북·중·러 대결 구도의 심화'만으로 경제적 문제가 해결되지는 않는다는 것이다. 김정은을 위하자는 것이 아니라 그의 고민을 활용하여, 북한 주민들의 삶을 조금이라도 건사하고 미래를 위한 초석을 놓아야만 한다.

통일이라는 과업은 근미래에 민족적·경제적·정치 체제적 동질성이 어느 정도 확보된 이후에 후세대들이 내릴 판단으로 미뤄둬도 될 것이다. 하지만 그렇게 결론 내린다 하더라도 우리가 지금 북한 문제를 도외시해야 할 필요는 없다. 청년층이 가장 두려워하는 것은 북한이 전쟁을 일으키거나 불시에 붕괴하여 '흡수 통일'의 대상이 되어 대한민국이 이룩한 물질적 부와 정치체제가 보장하는 삶을 파괴하는 것일 것이다. 대북정책은 바로 그러한 위험을 방지하고 통제하기 위해 필요하다는 설득을 해야만 한다.

정세현 전 통일부 장관 역시 2023년 6월 23일 대구 엑스코에서 열린 '대한민국 이대로 괜찮은가. 남북문제 및 국제정세 속 한반도' 특강에서 거의 비슷한 논의를 한 바 있다.

"통일이 젊은 세대에게 설득력을 잃어가는 것 같은데, 한반도 통일은 어떤 모습이고 미래세대에게 어떤 이득이 있냐"는 한 대구 청년의 질문에 대해 정세현 전 장관은 "통일은 먼 훗날 이야기다. 당장 남북 연합이라도 이뤄지도록 통일 정책 방향을 수정해야 한다"라고 답변했다고 한다.

정 전 장관은 "1977년부터 통일 문제를 다루는 걸 직업으로 하고 있는데, 1980년대 말까지만 해도 우리나라가 정신 차리고 북한을 상대하면 통일이 쉬울 것이라 생각했다"고 말했다. 그런데 "북한이 1990년대 들어 마이너스(−) 성장을 하면서 대남 기피증을 보이기 시작했고, 갖가지 장벽을 친 끝에 지금 북한 정부는 거의 쇄국정책을 하는 수준"이 됐다면서, "북한 주민들이 남한 문화를 접하면 법으로 사형이나 징역을 선고하는 현실"이라고 밝혔다. 또한 그는 통일 대신에 연합제의 필요성을 강조했다.

"정부와 군대, 애국가, 화폐 등 모든 것을 하나로 통일하는 것은 현실적으로 어렵다"면서, "연합제는 국호, 군대, 경제, 화폐를 각국에서 따로 갖고도 경제적으로 관세장벽 없이 협조하는 것"이며 "군사적으로 충돌을 예방하고 관세장벽을 없애 서로 경제적으로 도울 수 있는 데까지 도우면 경쟁력이 높아진다"고 설명했다.

그 모델은 ASEAN(동남아국가연합)이나 EU(유럽연합)와 같은 경제 협력 모델이라고 생각된다.

"경제적 연관관계 때문에 북한이 군사적 도발을 하지 못하게 하는 틀을 짤 수 있다" 면서 "북한 주민들이 마치 동독 주민들이 서독에서 살고 싶다고 투표로 결정했던 것 같은 상황이 올 수도 있다. 통일은 그 다음 문제" 라고 주장했다. 이어서 "보수 진영에서 북한에 돈을 주면 안 된다. 퍼주기 정책을 한다고 욕하는데 퍼주지 않으면 남북 관계가 진전될 수 없다" 면서 "남한의 1인당 국내총생산이 35,000달러지만 북한은 1,800달러 정도다. 못 사는 동생을 도와주며 말을 듣게 해야지 고함지르면 오히려 대들게 된다" 고 설명했다.

결국 북한 문제도 일순간에 해결할 방도는 없으며, 올바른 방향을 설정하고 인내심을 가지고 끈질기게 설득하는 작업이 필요할 뿐이다. 정석을 넘어서는 왕도는 있을 수 없다.

미·중대결 시대, 한국은
완충지대를 형성해야 한다

─────── 대한민국의 대북정책의 운신의 폭은 본
질적으로 미중 대결 시대에 어떻게 대처하느냐에 따라 좌우된
다는 점을 지적해야 한다. 기존에도 대북정책은 외교·안보 정
책과 긴밀하게 연결되어 있었지만, 향후에는 관련성이 더 커질
수밖에 없다. 대한민국의 외교·안보 정책이 현명하게 전개되
면 대북정책을 펼칠 여지가 넓어질 것이고, 그렇지 못하면 대
북정책을 펼칠 여지가 사라질 것이다.

미중 대결 시대가 누구의 승리로 마무리될 것인지 우리가 쉽
게 예측할 수는 없다. 미국이 쉬이 패배하는 일은 없으리라 생
각되지만, 그렇더라도 '중국의 부상'이라는 시대적 현상이 미
국의 압박에 의해 삼시간에 신기루처럼 사라지지는 않으리라
는 점도 분명하다.

문정인 연세대학교 명예특임교수는 2021년의 저술《문정인의 미래 시나리오─코로나19, 미중 신냉전, 한국의 선택》에서 코로나19 이후 미래 시나리오를 다섯 가지로 제시한 바 있다.

첫째는 이른바 현상유지로, 미국과 중국이 '느슨한 비대칭 양극체제'를 유지한다는 것이다.

둘째는 성곽도시와 새로운 중세로, 자급자족적 경제체제와 폐쇄 사회로의 전환이다.

셋째는 '팍스 유니버설리스'로, 패권주의가 종말하고 유엔과 다자주의를 통한 세계평화가 실현되는 것이다.

넷째는 '팍스 아메리카나 시즌 2'로, 미국이 중국을 제압하고 세계경찰의 위상을 되찾은 미국 중심의 단극체제가 돌아온다는 것이다.

다섯째는 '팍스 시니카'로, 중국이 부상하여 빠른 경제 회복을 발판으로 세계 질서의 중심에 선다는 전망이다.

위 다섯 가지 시나리오는 사실상 현재 시점에서 예측가능한 모든 경우의 수를 적었다고 생각된다. 우리에게 가장 이상적인 미래는 패권주의의 종말과 세계 평화가 실현되는 셋째 안이겠지만, 이 예측은 가장 현실성이 없어 보이는 것도 사실이다. 그

외에 어떤 미래가 실현될지 지금으로서는 예측하기가 쉽지 않다. 모든 가능성이 열려 있다면 한국이 섣불리 한쪽의 승리에 배팅하는 것은 위험한 일이다. 더구나 성곽도시와 새로운 중세, 즉 '자급자족적 경제체제와 폐쇄 사회로의 전환'이라는 둘째 시나리오까지 고려한다면 한국은 미국이나 중국 두 패권국에 편승하는 것만으로는 문제를 해결할 수 없다.

한국은 식량도 자급자족이 되지 않고 에너지도 수입해야 하며 각종 원자재도 수입해야 하는 나라에 해당한다. 식량의 수입선, 에너지의 수입선, 원자재의 수입선을 전부 고려하지 않을 수 없다. 중국과의 갈등이 격화되면 '요소수 대란' 같은 일들이 빈번하게 벌어질 수밖에 없다. 식량, 에너지, 원자재의 가격이 비싸진다면 대한민국 국민은 제조업으로 돈을 아무리 벌어도 생활의 질이 떨어지고 실질적인 빈곤층이 늘어날 수밖에 없다.

문정인 교수는 지금의 세계는 '상호의존'이 '무기화'되는 세상이라고 진단한다. 그리고 무역으로 먹고 사는 한국은 이러한 '상호의존의 무기화'에 대해 매우 취약한 입장이다. 미·중 대결 시대에 한쪽 편을 드는 이념적 선명성으로 문제를 해결할 수 있는 처지가 아니다.

미·중 대결 시대가 적어도 수십 년은 지속될 갈등이라면 대한민국은 그 사이에서 국익을 유지하기 위한 현명한 처신을 해야 한다. 한국과 중국의 무역규모는 예전에 비해 30% 이상 줄어들었다는 올해에도 전체 무역량의 20% 규모로 2위인 미국(14%)과 일본(6%)를 합친 것에 맞먹는 수준이다. 한국은 '중국과의 관계를 절연하겠다'는 선언을 쉽게 할 수 없는 여건에 처해 있다.

게다가 미국 역시 2023년 6월 블링컨 국무장관의 방중 이후 대중국 외교 기조를 '디커플링(de-coupling)'에서 '디리스킹(derisking)'으로 수정했다. '디커플링(de-coupling)'은 수출과 소비, 주가하락과 환율상승 등과 같이 서로 관련 있는 경제 요소들이 탈동조화하는 현상을 포괄하는 개념으로, 그간 대중국 외교 기조가 디커플링이었다는 것은 미국이 중국과의 교류를 전면적으로 줄여 나가겠다는 정책 목표를 지녔음을 의미한다.

지난 몇 년간 디커플링을 내세운 미국의 중국 경제에 대한 제재조치는 전면적이고 광범위했다. 그럼에도 세계 각국은 물론 미국조차도 중국과의 디커플링을 이뤄내지는 못했다. 중국 제품은 동남아시아 등에서 국적을 세탁해서 미국 시장에 들어와서 판매되고 있는 것이 현실이다.

미·중 무역 규모는 2022년에 역대 최고치를 갱신했으며, 중국은 미국의 세 번째 무역수입국으로 20%의 비율을 점했다. 이처럼 중국과의 무역을 완전히 배제하는 것은 사실상 불가능하다. 미국 기업들조차 중국 기업들과의 관계를 완전히 끊었을 때 나오는 손해를 감당할 수가 없어서, 미국 정부는 미국 기업들에게 그러한 요구를 하지는 못한다. 한마디로 요약한다면 "중국 경제가 너무 커서 디커플링 할 수가 없다("TOO BIG TO DECOUPLE")"는 의미다.

반면 '디리스킹(derisking)'은 말 그대로 '위험요소를 줄인다'는 의미인데, 서방 세계의 대중국 외교 기조를 지칭할 때엔 중국과의 교류 협력은 유지하되 첨단산업의 기술이 중국으로 유출되는 일은 방지해야 한다는 정책 목표를 의미한다.

이 용어는 유럽에서 먼저 사용되기 시작했으며, 디커플링이 현실적으로 불가능하다는 사실을 깨달은 미국에서도 활용되기 시작했다. 미국과 유럽 각국보다도 일본이 중국에 대해 강경 일변도로 갈 수 있는 것은, 일본 제조업이 한·중 제조업에 비해 경쟁력이 떨어진 상황에서 돌파구를 마련하려고 함이지 일본 정부가 자유민주주의라는 가치를 수호하기 위해 어떠한 경제적 희생도 감내할 수 있다고 여겨서가 아니다. 대한민국은 경제성장의 초기에는 일본의 자본과 기술의 도움을 받아 미국의 소비시장에 수출하면서 성장했다.

말하자면 한국산 제품을 세계시장에서 판매하기 위해서 미국과 일본이 가장 중요한 나라들이었다고 볼 수 있다. 지금도 미국과 일본의 중요성이 대한민국에 있어 상당하지만, 이제는 한국산 제품을 판매하는 문제에 있어서 양측이 압도적인 비율을 유지하는 시장인 것은 아니다. 중국 시장 공략이 예전처럼 쉽지 않다 할지라도 인도, 라틴아메리카, 아세안(ASEAN, 동남아시아 6개국) 국가들처럼 미국과 중국 사이에서 양자택일의 선택을 거부하는 폭넓은 개발도상국의 권역이 존재한다. 이들 시장이 향후에는 대한민국의 수출에 가장 중요한 시장이 될 것이다.

싱가포르국립대학교 교수 키쇼어 마부바니가 올해 초 〈포린어페어즈〉에서 한 분석에 따르면, 아세안(ASEAN)은 중국과 2002년에 자유무역협정 체결 이후 중국과 무역을 급격히 확대했다. 2000년에 아세안-중국 간 무역은 290억 달러로 아세안-

미국 간 무역의 1/4에 불과했으나, 2021년 아세안-미국 간 무역은 3,640억 달러로 늘어난 반면 아세안-중국 간 무역은 6,690억 달러로 폭발적으로 증가했다. 이 기간 아세안의 경제 규모는 2000년 6,200억 달러(당시 일본의 1/8)에서 2021년 3조 달러(일본은 5조 달러)로 성장했다. 아세안의 경제 규모는 2030년에는 일본보다 커질 것이라는 전망인데, 이러한 경제성장을 위해서 더 중요시되는 것은 아세안-미국 간 무역이 아니라 아세안-중국 간 무역이다.

즉, 아세안 등 미국과 중국 사이에서 양자택일의 선택을 거부하는 폭넓은 개발도상국의 권역에 발맞춰서 대한민국이 성장하기 위해서는 미국 일변도의 외교 정책으로 쏠려 들어갈 것이 아니라 미·중 사이에서 한국이 완충지대를 형성해야 한다. 한국이 아세안 국가들 및 몽골과 중앙아시아 국가들과 교류·협력을 늘려간다면 충분히 그러한 완충지대를 형성할 수 있다. 중국과도 '불가근 불가원'의 관계를 지닌 그러한 완충지대를 한국이 주도적으로 형성해 나간다면, 미·중대결 시대에도 한국은 중립지대를 확보하고 북한의 개혁·개방을 이끌어낼 수 있는 운신의 폭을 확보하게 될 것이다.

한국 사회가 이토록 엄청난 성공을 거두면서도, 아직까지도 소멸을 걱정해야 하는 사회라는 것은 참으로 아이러니한 일이다. 하지만 언제 우리가 쉬운 조건에서 시작한 적이 있었던가. 세계 10위권 수준의 경제력, 그보다도 더 막강한 세계 6~7위 수준의 군사력을 가진 국력의 나라에서 충분히 해결해야 할 일이라고 생각하면 조금 더 힘을 낼 수 있을 것이다.

평화와 번영의 동북아시대를
이끄는 나라가 되어야 한다

우리는 그동안 너무 열심히만 살았다. 처음에는 알아듣지도 못했던 청년층이 만들어낸 '워라밸(영어 표현 'work and life balance'의 약자)'이란 말을 살펴보면, 일과 삶 사이의 균형을 추구한다고 한다. 우리 세대는 그러한 것을 감히 추구하지 못했다. 하지만 청년세대에게 워라밸이 중요하다는 사실은 인정해야 한다. 나를 포함한 기성세대는 결국 청년을 달래가면서, 그들이 원하는 방향의 사회를 만들기 위해 노력해야 한다.

그러기 위해선 우리 세대도 쉽게 은퇴할 수 없을 것이고, 청년세대를 향해서도 미국이나 유럽, 일본 등의 또래 세대에 비하면 다소나마 좀 더 열심히 살아야 한다는 요구를 해야만 할 것이다. 하지만 우리가 제대로 된 공동체의 목표, 더 균형잡힌 삶을 제공하는 대한민국을 제시할 수 있다면, 청년세대도 그 깃발을 따라와서 함께 우리 공동체를 일신하는 일에 동참할 수 있으리라고 나는 믿는다. 그리고 아마도 그 길만이 노무현 전 대통령께서 예견하셨던 '평화와 번영의 동북아시대'를 이끄는 대한민국을 만들어 나가는 길이 될 것이다.

그러기 위해서는 대중국 전략, 대일본 전략, 대아세안 전략, 몽골 및 중앙아시아 국가들에 대한 전략이 모두 수립되어 있어야 한다. 문재인 정부가 '신남방정책'으로 아세안 국가들에 대한 접근을 추진하고, '신북방정책'으로 중앙아시아 국가들에 대한 접근을 추진했던 것은 매우 현명한 일이었다. 우리 기업들의 이익에도 부합하는 일이었다. 외교 안보 전략에는 진보와 보수가 있을 수 없다. 대한민국이 북방정책을 추진한 것은 군사독재 정부 직후에 수립된 노태우 정부 시기의 일이었다. 앞으로도 보수와 진보의 권력 교체와 상관없이 국가의 백년지대계를 위한 일관성 있는 정책이 추진되어야만 한다.

먼저 중국에 대해서는 중국과 완전히 절연을 할 수는 없지만,

중국에 대한 무역 및 원자재 의존도가 너무 높아지는 것은 경계해야 한다. 그런데 대한민국이 중국에 대한 무역 및 원자재 의존도를 줄이기 위해서는 역설적으로 아세안 국가들과의 협력이 중요하다. 그리고 앞서 말했듯 아세안 국가들은 미중 사이에서 양자택일을 바라지 않는다.

일본에 대해선 우리가 과거사 문제를 완전히 언급하지 않을 수는 없지만, 그와 별개로 경제 협력 및 문화 교류를 추진하는 분별력을 보여야 한다. 일본의 기성세대는 한국의 추격에 불쾌감과 위기감을 동시에 느끼고 있지만, 일본의 청년세대의 경우에는 한국을 일본과 대등한 선진국으로 인식하기 시작했다고 한다. 한국의 청년세대도 기성세대가 가졌던 일본에 대한 강렬한 경쟁의식을 떨쳐내기 시작했다. 불매운동에 참여하기도 하지만, 일본 대중문화를 수용하는 데에도 별로 거리낌이 없다. 동아시아의 민주주의 국가라는 공감대를 바탕으로 한 교류는 환영해야 한다.

몽골 및 중앙아시아 국가들에 대한 교류 협력은 한국이 중국과 러시아라는 강대국들의 틈에서 운신의 폭을 넓히기 위해서 중요하다. 중국과 러시아 두 강대국은 지금까지의 미국 중심의 세계 질서를 다극체제로 바꾸어나가려는 의도를 가지고 있다. 한국은 중국과 러시아의 그러한 시도를 지지할 필요도 없지만, 굳이 반대할 필요도 없다. 오히려 중국과 러시아와의 대립을 우회하여 몽골 및 중앙아시아 국가들에 대한 교류 협력의 양과 질을 늘려나가는 것이 현명한 전략이다.

노무현 대통령이 21세기 초반에 추진한 '동북아균형자론'은 당시 한국의 국력으로서는 다소 무리라는 우려를 사기도 했다. 하지만 그러한 외교 전략에 입각하여 군사력 증강을 이룬 덕에, 오늘날 대한민국의 위상은 주변 강대국들에는 미치지 못할지라도 결코 만만하지는 않은 수준이 됐다. 객관적으로 볼 때 동북아시아 지역은 막강한 군사력이 결집한 화약고에 해당하지 자동적으로 평화가 보장되는 지역은 아니다.

대한민국이 만만치 않은 국력을 유지하면서 평화주의 노선을 추구할 때, 그러한 '동북아균형자'의 역할을 통해 '평화와 번영의 동북아시대'의 가능성이 열리게 될 것이다. 이것은 대한민국에게 가장 좋은 길일뿐만 아니라, 동북아시아 모든 국가의 사람들, 더 나아가 세계의 평화를 위해 이로운 길이다. 이는 황금률(Golden Rule)과 능근취비(能近取譬)의 정신을 한국 사회를 넘어서 전 세계를 향해 실현하는 길이 될 것이다.

가족 사진

맺음말

행복한 미래를 향해 함께 합니다

우리는 황금률(Golden Rule)과 능근취비(能近取譬)의 정신으로부터 책을 시작했다. 그리고 그 정신을 실천하는 덕목은 '배려'와 '봉사'일 거라고 말했다. 그러한 배려와 봉사의 결과 발생하는 것이 바로 '화해'와 '통합'이다.

화해와 통합은 김대중 대통령이 평생 강조하던 것이며, 이른바 'DJ 정신'의 핵심 가치라 볼 수 있다. 마침 다가오는 2024년은 김대중 대통령의 탄생 100주년이기에 DJ 정신을 기리는 행사가 많이 열리고 있다.

특히 2023년 9월 12일에는 김대중 대통령과 빌리 브란트 전 독일(서독) 총리, 넬슨 만델라 남아프리카공화국 대통령을 평화

218

와 통합이라는 단어로 묶은 학술대회가 열렸다. 세 사람은 각 각 1971년(브란트), 1993년(만델라), 2000년(김대중) 노벨평화상을 수상한 이들이다. 이들을 모두 화해와 통합의 정신을 적극적으로 실천한 위대한 정치인이었다.

넬슨 만델라는 남아프리카공화국의 백인 우위의 인종차별 정책 '아파르트헤이트'에 평생 투쟁하는 삶을 살아왔으며, 결국 그것을 종식시켰다. 하지만 종신형을 언도받고 27년여 년을 감옥에서 복역했음에도 '남아프리카공화국은 유지되어야 한다'는 신념을 가지고 백인 정부와의 포기하지 않는 협상 끝에 그 목표를 이뤄냈다. 그 협상을 통해 아파르트헤이트를 종식시키고 민주적인 선거를 관철시켜 1993년에 노벨평화상을 수상하고 1994년에 대통령에 당선됐으니 김대중 대통령의 삶의 이력을 고스란히 연상시키는 이라고 할 수 있다.

빌리 브란트는 1969년에 서독의 총리에 취임했으며 1970년부터 동독을 포함한 동유럽 국가들에 대한 화해 및 협력 정책인 '동방정책'을 내세웠다. 처음에는 국내 우파 정치인들의 반발에 부딪혔으며 미국의 우려도 샀다. 하지만 1970년에 폴란드 바르샤바의 2차 세계대전 시기 희생된 유태인을 기리는 위령 탑을 방문해 헌화하는 중 무릎을 꿇고 고개를 숙여 묵념하는 진심어린 사죄를 통해 점차 유럽 각국의 평화 여론의 지지를 받기 시작했다.

김누리 중앙대 독문학과 교수가 2023년 9월 27일자 한겨레에 기고한 〈역사가 없는 나라〉에 따르면, 오늘날 과거청산의 모범 적 사례로 평가받는 독일은 전후 시기에는 그다지 과거청산을 잘한 나라가 아니었다고 한다.

특히 1966년에 서독 3대 총리에 취임한 쿠르트 게오르크 키징 거는 젊은 시절 나치 당원이었던 사람으로 당대 양심적 지식인 들과 학생들의 비판 대상이었다. 1968년부터 독일의 청년들이 68혁명의 흐름에 동참하기 시작했고, 나치로부터 자유로웠던 청년세대의 비판과 저항을 통해 키징거 총리는 실각하게 됐다.

키징거 총리의 후임으로 취임한 빌리 브란트는 젊은 시절 나 치와 총을 들고 싸웠던 사람으로서 68혁명을 통해 새로이 탄생 한 독일의 상징이 됐다. 그는 총리가 된 이후 일성으로 "나는 더 이상 패전국의 총리가 아니다. 나는 해방된 독일의 첫 총리이다"라고 발언했다. 이 발언은 68혁명의 결과로 집권한 그가 미국의 눈치도 보지 않는 새로운 외교정책을 펼칠 것이라는 소신을 밝힌 것이었다.

김대중 대통령의 대한민국에서의 업적은 넬슨 만델라와 빌리 브란트의 업적의 중간 지점에 있다. 최초의 수평적 정권교체를 이루면서도 기존의 보수 세력과의 화해 및 통합을 추구한 점은 넬슨 만델라의 업적과 흡사한 부분이다.

한편 김대중 대통령은 재임기에 '제2건국'을 말했고 햇볕정책을 추구했는데, 이는 시대를 많이 앞서 빌리 브란트의 노선까지 욕심을 낸 것이고 많은 성과를 내기도 했지만 기존 보수 세력의 저항으로 빌리 브란트가 했던 것처럼 온전하게 새로운 질서를 구축하지는 못했다.

김대중 대통령이 재임한 이후 20여 년의 시간이 지난 지금도, 2017년 촛불혁명에 힘입어 출발한 문재인 정부에서조차도 대한민국이 빌리 브란트의 독일에서처럼 새로운 정체성을 형성했다고 보기는 어렵다.

국가 정체성을 일신하는 과업까지 이루기 위해선, 먼저 배려와 봉사를 통해 사회의 기틀을 튼튼하게 다지고, 그 바탕 위에서 화해와 통합의 정신을 추구하며, 다수 사람들의 동의하에서 개혁을 추진해야 한다고 생각한다.

오늘날 대한민국은 다시 배려와 봉사의 기본 정신조차 흔들리는 기로에 서 있다. 그래서 화해와 통합의 정신을 실현하기 위해서, 다시 한 번 개혁을 추진하기 위해서라도 우리는 배려와 봉사의 정신을 다시 한 번 다져야 한다고 생각한다. 황금률(Golden Rule)과 능근취비(能近取譬)의 정신을 널리 펼쳐서 우리 사회가 기본을 다지고 발전하도록 하고 싶다는 것이 내 간절한 소망이다.

* 언론 보도 *

경인굿뉴스
www.gigoodnews.com

광명시장애인체육회, 제13회 경기도장애인체육대회에서 금은 4, 동 3 획득 성과 내

▲ 광명시장애인체육회 선수단은 성남시에서 열린 제13회 경기도장애인체육대회에서 축구대표팀 금메달을 비롯해 금 3개, 은 4개, 동 3개를 획득하는 성과를 거두었다.

[경인굿뉴스=신동학 기자] 광명시장애인체육회 선수단은 지난 4월 27일부터 30일까지 성남시 일원에서 개최된 제13회 경기도장애인체육대회에서 금 3개, 은 4개, 동 3개를 획득하는 성과를 거두었다.

특히, 이번 대회에 처음 출전한 축구대표단이 지난해 축구 우승팀인 개최지 성남 대표팀을 상대로 4대 0으로 이기며 금메달을 획득하는 쾌거를 이루었다.

광명시장애인체육회는 이번 대회에 게이트볼, 탁구, 배드민턴, 보치아, 육상, 볼링, 축구, 파크골프 등 8개 종목에 역대 최다인 100여 명의 선수가 출전했다. 체육회는 응원단을 구성하여 경기장마다 광명시 선수단의 필승을 위해 응원과 격려를 아끼지 않았다.

광명시는 종합순위 21위로 나흘간의 열전을 마무리했으며, 30일 폐회식에서는 모범선수단상을 수상하는 영예도 함께 안았다.

성남시호남향우회, '2023 성남시 호남향우회 가족 한마음 대축제' 성료!

[연대뉴스=수도권=황규하 기자] 성남시 호남향우회(총회장 김종율)는 29일 오전 10시 성남종합운동장 주경기장에서 열린 2023 성남시 호남향우회 가족 한마음 대축제을 성황리에 개최했다고 밝혔다.

이번 행사는 그동안 코로나19로 개최하지 못하다 성남시 승격 50주년을 맞아 성남시 승격 이전부터 남에게서 활동해온 전통 깊은 호남향우회가 성남시민과 향우 가족들이 함께하는 행사로 5년 만에 열려 2천 5천 여명 참석하며 성대하게 치렀다.

성남시 호남향우회 가족 한마음 대축제는 이용재 사무총장 사회로 식전 축하공연 1부 김종율 대회장 대회사 최대효 공동대회장 환영사 송 윤 총괄추진위원장 격려사 2부 표창장 수여 명랑운동회 노래자랑 3부 연예인 공연 등으로 진행했다.

호남향우회 가족 한마음 대축제는 오전 10시 식전 행사를 시작으로 각 동 지회 및 호남지역 시군 인회 회원들의 입장식, 스포츠 스타 이봉주 응원에 선수가 시민 회합을 다지는 뜀뛰 운동 명랑운동회 예산들을 거친 향우들의 노래자랑 펼쳤 그리고 그에 김정하의 사회로 배우 겸 가수 임성환 트로트 가수 현숙 이진관 강진 진해진 추미 성국 중연 비발이 공연된 어울림대 등을 다양한 프로그램으로 이어졌다.

이날 행사에는 성남시 호남향우회 김종율 회장 최대효 공동대회장 송 윤 총괄추진위원장 김현기 역대회장단 중앙도 최우순 전국호남향우회총연합회 총회장 박효경 여성회장 최경화 고문 김인규 상임수석부회장 허 협 사무총장 김성수 청년회장 조기종 대외협력위원회장 경기도 호남향우회 김포홍 회장 안산시 호남향우회 김재열 회장 박귀동 안양시 호남향우회 회장 오영석 인천시 호남향우회 회장 이병철 재경남 호남향우연합회 회장 김주형 수원시 호남향우회 회장 강진환 평택시 호남향우회 회장 신상진 성남시장 박은미 성남시의회 부의장 김태년 국회의원 김병욱 국회의원 윤영찬 국회의원 소병훈 국회의원 임종성 국회의원 최인식 경기도의원 정연화 성남시의원 이낙연 전 총리 이종걸 전 국회의원 현근택 변호사 등이 함께해 자리를 빛냈다.

뉴스

경기도장애인생활체육대회, 광명시 선수단 10개 종목 참여해 선전 펼쳐!

- 지난 22일과 23일 이틀간 고양특례시에서 열린 이번 대회에 광명시 선수단 190여 명은 태권도, 게이트볼, 댄스포츠 등 10개 종목에 참여

「제17회 경기도장애인생활체육대회 2023고양」에 광명시 선수단이 10개 종목에 참여하여 선전을 펼쳤다.

지난 22일과 23일 이틀간 고양특례시에서 열린 이번 대회에 광명시 선수단 190여 명은 태권도, 게이트볼, 댄스운동회 등 10개 종목에 참여하여 그동안 갈고닦은 실력을 유감없이 뽐휘했다.

광명시 선수단은 시각장애인협회 선수들이 출전한 볼링에서 단식에서 1위의 성과를 냈으며, 올해 처음 개설된 학생 대상 스포츠스태킹에서 1위의 영광을 안았다. 이 외에도 지체장애인협회에서 참여한 파크골프에서 4위, 복지회와 부모연대 지적발달장애인 선수들이 연합하여 출전한 단체줄넘기에서 3위, 농아인협회 선수들이 출전한 줄다리기에서 3위를 차지하는 등의 성적을 거두었다.

김포중 광명시장애인체육회 수석부회장은 "장애인에게 생활체육은 단순한 체육활동이 아니라 정신적 신체적 어려움을 극복하는 자립 의지의 척도이기도 하다"며 "생활체육을 통해 체육활동을 즐기고 실천하고 있는 우리 광명시 선수들을 항상 응원한다"고 말했다.

축제

2023 바르게살기운동, 의식함양 수련대회 성료!

사회적 갈등 해소와 바르게살기운동 가치 확산

감사와 일치 화합 통해 밝은 사회 구현한다

바르게살기운동은 한닐 일치 화합 등 3대 이념으로 대한민국의 밝은 미래를 건설하기 위해 자율적이고 능동적으로 바르게살기운동을 전개하고 있다. 이를 통해 민주적이고 문화적인 국민 의식을 함양하고 공동운명체로서의 국민 한 화합을 이루며, 선진국형 사회발전에 이바지함을 목적으로 설정한다. 특히 시민들에게 바른 정신을 심어주기 위해 다양한 운동을 펼쳐온 대표적인 단체로서, 시민들의 인식개선과 사회의 정화 발전을 위해 힘써온 것은 물론, 지금의 시대가 요구하는 것을 찾아 봉사하는 단체에 활약해 봤다.

이에 따라 바르게살기운동 광명시협의회의 김포중 회장은 회원은 7개의 회원들과 각종 봉사활동 및 바르게살기 운동 캠페인 및 기부 등을 통해 지역사회 발전을 견인하는 견 역할을 담당하고 있으며, 바르고 밝은 사회를 구현하는데 주도적 역할을 수행하고 있다.

한닐 일치 화합의 이념으로 정직한 개인, 더불어 사는 사회, 건강한 국가를 만들어 나가는 국민정신 운동을 실천하고 있는 바르게살기운동 광명시협의회의 김포중은 2023년 바르게살기운동 의식함양 수련대회가 11월 1일 부천포 비제펠리스 대연회장에서 200여명의 회원들이 참여한 가운데 성황리에 개최되었다.

사건.사고.미담
2682-3020

시민과 함께 호흡하는
뉴스인 광명
www.newsingm.co.kr

전체기사 정치 사회 경제 문화 미디어 포토뉴스 커뮤니티 교육

지역의 인물

김포중 회장, 바이든 미국 대통령에게서 봉사부문 금상 수상

경기도와 대한민국을 위해 봉사한 공로를 인정받아

광명시에서 가장 바쁘게 활동하는 사람을 꼽으라면 아마도 많은 사람들이 김포중 경기도호남향우회 총연합회장을 선택하는데 주저하지 않을 것이다.

대부분의 사람들이 자신에게 주어진 일에 최선을 다하며 살아가지만 쉼없이 새로운 일을 찾아 열정을 불태우는 사람은 그렇게 많지 않다. 김포중 회장은 어떤 곳이든 자신을 필요로 하는 곳에서 주어진 역할에 최선을 다하는 것이 곧 자신이 할 수 있는 봉사라 생각하며 살아간다고 한다.

이처럼 자신을 필요로 하는 곳에서 최선을 다하고 있는 경기도호남향우회 총연합회 김포중 회장이 한미동맹 70주년을 맞아 그동안 경기도와 나라를 위해 애쓴 공로를 인정받아 미국 바이든 대통령으로부터 봉사부문 금상을 수상했다.

한미 동맹 [韓美同盟]은 한미 상호 방위 조약에 따라 남한과 미국 사이에 체결한 동맹으로 북한의 남침과 군사적 위협에 대응하기 위하여 한국과 미국 양국 국회의 비준을 거쳐 1954년 11월 18일에 발효되었으며 2023년 70주년을 맞았다.

2023년은 한미동맹70주년을 맞아 김진표 국회의장과 한덕수 국무총리가 국회에서 주최한 한미동맹70주년 리셉션, 충무공 이순신 탄신 478주년, 한미동맹70주년 2023대한민국 해군 효문봉사회 등 다양한 봉사가 개최되었으며 대한민국의 발전과 따뜻한 사회를 만드는데 앞장선 인물들에게 바이든 미국 대통령이 그 공로를 인정하여 상을 수여했다.

김포중 경기도호남향우회 총연합회장은 "누구나 마찬가지겠지만 그동안의 활동을 인정받은 것 같아 기쁘다. 미국 대통령에게 받았다는 것보다 대한민국의 많은 봉사자들을 대신해서 받았다는 마음에 어깨가 무겁기도 하다"면서 "앞으로도 지금처럼 많은 사람들을 배려하며 따뜻한 마음으로 봉사하며 주어진 일에 최선을 다하겠다"고 말했다.

김포중 회장은 현재 ㈜TPS 슬루션 대표이사로 재직하며 구로차량기지 광명이전반대 공동대책위원장, 바르게살기운동 광명시법인회장, 광명시장애인체육회 수석부회장, 경기도호남향우회 총연합회장으로 활발한 활동을 하고 있다.

함께만드는
2682-3020

시민과 함께 호흡하는
뉴스인 광명
www.newsingm.co.kr

전체기사 정치 사회 경제 문화 미디어 포토뉴스 커뮤니티 교육

지역의 인물

김포중 경기도호남향우연합회장, 당선증 받고 각오 다져

갈등과 반목 없는 소통과 화합의 향우회가 되겠다

지난 12월 8일(금) 오전 10시부터 오후 3시까지 비대면 (모바일) 투표를 통해 제12대 경기도 호남향우회 총연합회장에 당선된 김포중 회장에 대한 당선증 교부식이 12월 11일(월) 수원의 경기도 호남향우회 강당에서 있었다.

이날 당선증 교부식에는 코로나 19 상황을 감안하여 신국철 선거관리위원장, 회장권 선거관리부위원장, 김주형 선거관리위원 감사, 선광배, 방태수, 정봉주, 전승희, 김포중 총회장 당선자 축도 수 감사 당선자, 이용구 감사 당선자 등 최소한의 인원만 참석하였으므로, 윤봉남 회장이 새롭게 임기를 시작하게 된 임원들을 격려하며 진행됐다.

제12대 경기도 호남향우회 총연합회장으로 당선된 김포중 총회장은 목표율 91.30%라는 압도적인 지지로 당선되어 앞으로 고향의 정을 나눌 수 있고, 경기도 호남향우인의 더 든든한 버팀목으로 경기향우회를 만들어갈 예정이다.

김포중 회장은 인사말에서 "경기도 향우회의 주인은 모든 향민들이다. 향우회는 네트워크에서 서로 정을 나누고 기쁨을 나누고 행복을 더하는 향우인이 되도록 하겠다. 갈등과 반목이 없는 향우회, 소통과 화합으로 하나 되는 향우회, 함께 동행하는 향우회가 되도록 최선을 다하겠다"고 각오를 다졌다.

지역의 인물

제12대 경기도 호남향우회 총연합회장에 김포중 선출

뉴스인광명 hrsn33@hanmail.net 등록 2020.12.08. 17:49:43

김포중 대표(센트럴시티 대표이사)가 8일 오전 10시부터 오후 3시까지 실시한 제12대 경기도 호남향우회 총회장 및 감사 선출 비대면 선거에서 91.30%의 압도적인 득표율로 경기도 호남향우회 총회장으로 선출되었다.

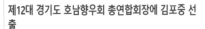

이날 투표는 코로나19 상황임을 고려해 비대면 투표로 진행되었으며 경기도 각 시.군의 호남향우회의 51명 투표권자 중 46명이 투표에 참여하여 투표율 90.19%를 기록하였다.

제12대 경기도 호남향우회 총연합회장으로 선출된 김포중 회장은 2021년 1월부터 회장직을 수행하며 당선증 교부는 오는11일 오후 4시 경기도 호남향우회 사무실에서 교부한다.

김포중 제12대 신임 회장은 당선 소감에서 "선배님들과 후배들께 많은 협조를 당부드린다"면서 "부족한 저를 회장으로 당선시켜줘서 감사의 인사를 드리며 앞으로도 호남향우회를 잘 이끌어 최고의 향우회가 될 수 있도록 최선을 다하겠다"고 밝혔다.

생활

명절이면 더욱 그리운 가족의 정! 바르게살기 광명시협의회의 다문화가정 합동결혼

김영희 ps429083@naver.com 등록 2023.09.29. 17:49:25

이런 사정을 헤아린 바르게살기광명시협의회(회장 김포중)에서는 가정의 소중함과 어려움을 해소시켜 주고자 6년전부터 매년 다문화가정 합동결혼식을 개최하고 있다.

2023년에도 지난 8월 28일 KTX 광명역사컨벤션웨딩홀에서 7쌍을 선정하여 결혼식을 진행했다.

광명시 바르게살기 회장단과 회원들의 봉사속에 김포중 회장과 윤순임 여성회장이 혼주를 맡아 신랑신부를 축복속으로 인도했고 많은 내빈과 하객들이 행복한 발길을 내딛는 이들에게 뜨거운 박수를 보낸다.

김포중 회장은 축하말에서 "서로 다른 환경과 여건속에서 자라온 두사람이 하나가 되었으니 둘이 합심하면 다른 부부보다 좋은 힘이 훨씬 더 많으리라 생각한다. 항상 웃음이 가득한 행복한 가정이 되리라 믿는다"고 덕담했다.

새부천신문

뉴스홈 오피니언 지면보기

가정 광명 사회 경제 문화 교육 포토뉴스 스포츠 단체소식 사람들   최종편집 2023.11.3

부천호남향우회, 워크숍 갖고 향우들 화합과 단합 다져

부천호남향우회총연합회는 10월 27일과 28일 양일간 인천 강화군 SCG그레이스 절에서 호남향우들의 화합과 단합을 통해 호남향우회의 발전을 위한 워크숍을 가졌다.

이날 부천시호남향우회 총연합회 유지석 총회장을 비롯해 안병일 수석부회장 등 집행부와 상임부회장단, 자문위원, 여성회, 청년회 등 300여 명이 참석했다. 특히 내년 총선의 출마가 유력시되는 유봉주 국회의원과 김기표 변호사, 장덕천 전 부천시장, 서진웅 전 도의원, 박병권·박정신·장재천 전 시의원 등도 워크숍에 함께했다.

또 서영석 국회의원과 서범석 국민의힘 부천을 당협위원장, 박정신 시의원, 이건태 변호사 등의 정치인과 설훈 국회의원과 김경협 국회의원 사무실 관계자 등이 출발현장에 나와 워크숍에 나서는 향우들에게 큰 박수와 축하를 보냈다.

유지석 회장은 인사말을 통해 "이번 워크숍을 통해 향우들의 화합과 단합을 통해 호남향우회가 더욱 더 발전 할 수 있기를 바란다"면서 "다양한 프로그램을 통해 새로운 활력을 얻고 이를 계기로 지역사회에 기여하고 부천지역사회를 리드하는 호남향우회가 되었으면 하는 바람 간절하다"고 말했다.

이날 경기도 호남향우회총연합회 김포흥 총회장이 향우회 발전에 대한 강연과 부천문화원 권순호 원장이 부천역사 이번을 강의했다.

또 임복섭 고문이 부천시호남향우회총연합회의 역사와 이념에 대한 설명회와 임용훈 운영위원이 기 치료 강연이 있었다.

강의가 끝난 후 맛있는 저녁식사를 한 후 유인석 배우의 사회로 레크레이션이 진행되어 향우들의 진목과 화합의 거한 시간을 가졌다.

다음 날 향우들은 강화 전등사를 탐방하며 곱게 물든 자연을 만끽하며 힐링의 시간을 가졌고 점심식사 후 임복섭 고문이 운영하는 김포 소재 석연갤러리에서 그림을 관람한 후 행사를 마무리 했다.

▲ 경기도 호남향우회총연합회 김포흥 총회장

두루에게 사랑받는 인천일보 가족입니다.   인천일보

☰ 인천일보 뉴스 기획특집 오파니언 지역뉴스 사람들 iTIMES 잇츠뉴스 4·10총선

홈 > 사람들 > 오피니언

광명시장애인체육회, 어울림 태권도대회 성황

장선 기자 승인 2023.10.29 16:22 수정 2023.10.29 16:25 2023.10.30 16면   댓글 0

▲ 광명시 장애인체육회가 주관한 제7회 장애인 어울림 태권도대회가 28일 광명시민체육관에서 열렸다.〈사진제공=광명시 장애인체육회〉

광명시장애인체육회가 주최하고 광명시 장애인태권도협회에서 주관한 제7회 광명시장배 전국 장애인 어울림 태권도대회가 28일 광명시민체육관에서 성황리에 개최됐다.

이번 대회는 광명시장애인체육회 김포흥 수석부회장과 홍록 단체회장 등 주요 내빈을 비롯해 선수, 임원 등 400여 명이 참석한 가운데 단체품새, 개인품새, 태권 제조 방식으로 진행됐다.

김포흥 수석부회장은 "제7회 광명시장배 장애인 어울림 태권도대회가 4년 만에 개최된 것을 진심으로 축하드린다"며 "이번 대회가 태권도를 향한 여러분의 열정과 노력, 그리고 스포츠 정신이 빛을 발하는 소중한 기회가 되고 한계를 뛰어넘은 도전의 장이 되길 바란다"고 밝혔다.

이승철 회장은 "많은 분의 도움으로 코로나19 이후 4년 만에 광명시장배 장애인 어울림 태권도대회를 개최하게 됐다"며 "오늘 함께해주신 분들에게 감사드리며 열정적인 태권도 경기가 되길 바란다"고 밝혔다.

/광명=장선 기자 now482@incheonilbo.com

리더의 격(양장)

김종수 지음
244쪽 | 15,000원

감사, 감사의 습관이
기적을 만든다

정상교 지음
246쪽 | 13,000원

직장 생활이 달라졌어요

정정우 지음
256쪽 | 15,000원

살아가면서 한번은
당신에 대해 물어라

이철휘 지음
256쪽 | 14,000원

금융에 속지마

김명수 지음
280쪽 | 17,000원

숫자에 속지마

황인환 지음
352쪽 | 15,000원
(2017년 세종도서 교양부문 선정)

행복한 노후 매뉴얼

정재완 지음
500쪽 | 30,000원
(2022 세종도서 교양부문 선정)

1등이 아니라 1호가 되라(양장)

이내화 지음
272쪽 | 15,000원

걷다 느끼다 쓰다

이해사 지음
364쪽 | 15,000원

내 글도 책이 될까요?

이해사 지음
320쪽 | 15,000원
(2021 우수출판콘텐츠 선정작)

누구나 쉽게 작가가
될 수 있다

신성권 지음
284쪽 | 15,000원

베스트셀러 절대로
읽지 마라

김욱 지음
288쪽 | 13,500원

독한 시간

최보기 지음
248쪽 | 13,800원

독서로 말하라

노충덕 지음
240쪽 | 14,000원

배움은 어떻게
내 것이 되는가

박성일 지음
212쪽 | 16,000원
(2021 텍스트형 전자책 · 오디오북
제작 선정작)

놓치기 아까운
젊은 날의 책들

최보기 지음
248쪽 | 13,000원

해독요법

박정이 지음
304쪽 | 30,000원

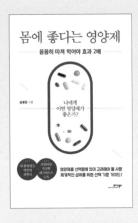

몸에 좋다는 영양제

송봉준 지음
320쪽 | 20,000원

자기 주도 건강관리법

송춘회 지음
280쪽 | 16,000원

공복과 절식

양우원 지음
274쪽 | 14,000원

당신이 생각한 마음까지도 담아 내겠습니다!!

책은 특별한 사람만이 쓰고 만들어 내는 것이 아닙니다.
원하는 책은 기획에서 원고 작성, 편집은 물론,
표지 디자인까지 전문가의 손길을 거쳐
완벽하게 만들어 드립니다.
마음 가득 책 한 권 만드는 일이 꿈이었다면
그 꿈에 과감히 도전하십시오!

업무에 필요한 성공적인 비즈니스뿐만 아니라 성공적인 사업을 하기 위한
자기계발, 동기부여, 자서전적인 책까지도 함께 기획하여 만들어 드립니다.
함께 길을 만들어 성공적인 삶을 한 걸음 앞당기십시오!

도서출판 모아북스에서는 책 만드는 일에 대한 고민을 해결해 드립니다!

모아북스에서 책을 만들면 아주 좋은 점이란?

1. 전국 서점과 인터넷 서점을 동시에 직거래하기 때문에 책이 출간되자마자 온라인, 오프라인 상에 책이 동시에 배포되며 수십 년 노하우를 지닌 전문적인 영업마케팅 담당자에 의해 판매부수가 늘고 책이 판매되는 만큼의 저자에게 인세를 지급해 드립니다.

2. 책을 만드는 전문 출판사로 한 권의 책을 만들어도 부끄럽지 않게 최선을 다하며 전국 서점에 베스트셀러, 스테디셀러로 꾸준히 자리하는 책이 많은 출판사로 널리 알려져 있으며, 분야별 전문적인 시스템을 갖추고 있기 때문에 원하는 시간에 원하는 책을 한 치의 오차 없이 만들어 드립니다.

기업홍보용 도서, 개인회고록, 자서전, 정치에세이, 경제 · 경영 · 인문 · 건강도서

모아북스
MOABOOKS

아직 끝나지 않은 발걸음

초판 1쇄 인쇄 2023년 11월 30일
1쇄 발행 2023년 12월 05일

지은이 김포중
발행인 이용길
발행처 **모아북스**
MOABOOKS

총괄 정윤상
편집장 김이수
관리 양성인
디자인 이룸

출판등록번호 제 10-1857호
등록일자 1999. 11. 15
등록된 곳 경기도 고양시 일산동구 호수로(백석동) 358-25 동문타워 2차 519호
대표 전화 0505-627-9784
팩스 031-902-5236
홈페이지 www.moabooks.com
이메일 moabooks@hanmail.net
ISBN 979-11-5849-225-0 03810